$$\Sigma$$

DIE SOKRATES TRILOGIE
THRILLER

MEYER LUTTERLOH

SOKRATES LIEYES
BUCH 1 – BAND 4

BESTIMME

1. Auflage
Copyright © 2013 Matthias Meyer Lutterloh
Copyright © 2013 für die deutschsprachige Ausgabe
Stylegroup Publishing Division
in der Styleinvest LTD, Zypern
Alle Rechte vorbehalten
Umschlaggestaltung: Sophia A. Zhou
www.sophiaazhou.com
Lektorat: Freie Lektoren Obst & Ohlerich, Berlin
http://www.freie-lektoren.de
Schlusslektorat: die textreinigung, Berlin
http://www.die-textreinigung.de

***

ISBN 978-9963-730-06-3
***

www.the-sokrates-trilogy.com

„ERST WENN MAN DIE DYNAMIK DER ANTRIEBE UND
BEGIERDEN VERSTEHT, VERSTEHT MAN AUCH DIE
WANDELBARKEIT DES SELBST."

SOKRATES
* 469 V. CHR. IN ALOPEKE, ATHEN; † 399 V. CHR

WASHINGTON, D.C.

TATORT BANKÜBERFALL - FUNDORT FRAU STEIN – - FUND ORT
AGENT RODRIGUEZ & AGENT MILLER -
FUNDORT FRAU HUANG

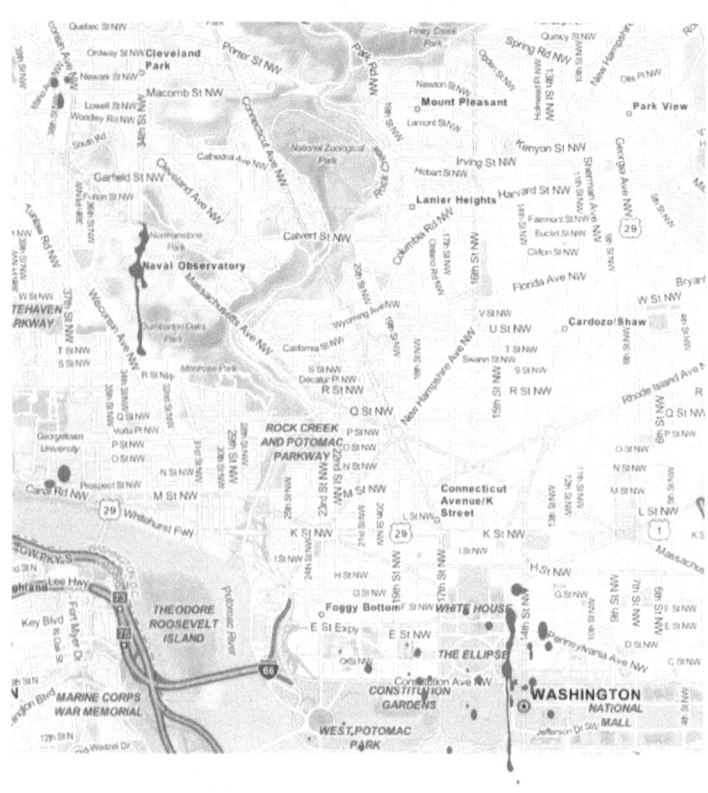

Grafik basiert auf einem Auszug der Webseite
http://www.mapquest.com/maps?city=Washington&state=DC
© 2012 MapQuest – Portions

Band 1 – Der Überfall

14. April 2014, Washington, D.C. – Troy Turner, ein ebenso erfolgreicher wie ehrgeiziger Journalist, steht kurz vor seinem beruflichen Durchbruch, als er Zeuge eines dramatisch verlaufenden Banküberfalls wird. Das dramatische Geschehen wird drei Menschen für den Rest ihres Lebens miteinander verbinden.

Band 2 – Beobachte

Drei Jahre später. Ein Serienmörder namens Sokrates kontaktiert Special Agent Messine Okeanos, leitende FBI-Ermittlerin, die damals ebenfalls vor Ort war, und schaltet ihr Livebilder einer gefesselten Frau über seine Webseite frei. Die FBI-Agentin nimmt mit Hochdruck die Ermittlungen auf. Doch Sokrates zwingt die Agentin, auch Troy Turner an der Suche nach dem Opfer zu beteiligen. Der Journalist muss dabei eine neuartige, online geschaltete Cyberbrille tragen. Schnell wird klar, dass noch weitere Personen in Sokrates' Gewalt sind. Wenige Stunden, nachdem das erste Opfer tot aufgefunden wird, veröffentlicht Sokrates die Videoaufzeichnung des brutalen Mordes auf seiner Webseite. Der Mörder kündigt weitere Live-Episoden seiner Verbrechen an. Gleichzeitig verdichten sich die Hinweise darauf, dass alle Opfer mit dem Banküberfall vom 14. April 2014 in Verbindung stehen.

Damit rückt auch Michael von Karlsberg, der bei dem Banküberfall seine Familie verloren hat, in den Kreis der Verdächtigen.

Am zweiten Tag der Ermittlungen lotst Sokrates das FBI, Troy Turner und Michael von Karlsberg vor ein Büro in der Georgetown-Universität. Hat der Ort etwas mit den vermissten Personen zu tun oder ist es eine der falschen Fährten, die Sokrates immer wieder auslegt?

BAND 3 – Beteilige

Episode 2 beginnt mit der Liverübertragung des Auffindens von zwei weiteren Opfern auf Sokrates' Webseite. Die Zuschauerzahlen steigen rapide an. Sokrates avanciert zum Medienspektakel. Das bereitet nicht nur dem FBI, sondern auch anderen Geheimdiensten Kopfzerbrechen. Mächtige Organisationen stellen sich gegen Agent Okeanos, und ihre unorthodoxen Ermittlungsmethoden könnten ihr Aus beim FBI bedeuten. Sokrates erlaubt den Verfolgern keine Pause und schickt sie auf eine mit Aufgaben gespickte Jagd quer durch Washington D.C. Dabei ist die Internetcommunity eingeladen, sich vor Ort an der online zu verfolgenden Schnitzeljagd um das Leben der vermissten Frau Huang zu beteiligen. Sofort nach deren Auffinden kommt erneut die Frage auf: War dies lediglich eine weitere Falle? Troy Turner hat die Antwort bereits auf seiner Cyberbrille.

***

TAG 4 - BETEILIGE

Samstag, 15. April 2017
EPISODE IV
22:48:30 Uhr

147. KAPITEL

Troy Turners Brillenbildschirme verdunkelten sich und nahmen dem Journalisten kurzzeitig die Sicht der Vorgänge am Naval Observatory. Im unteren Bereich des rechten Bildschirms blinkte als dezenter Schriftzug *LIVE RECORDING* auf.

„Ich bekomme eine neue Einspielung!", rief er blind in die Menschenmenge.

Okeanos war gerade dabei, sich mit einem Handtuch vorsichtig die Haare um die schmerzende Beule am Hinterkopf herum trocken zu reiben. Neugierig fragte sie: „Ist es auch im Internet zu sehen? Baker? Steve?"

„Nein", rauschte es über das Walky-Talky. „Aber es wurde gerade eine Episode IV angekündigt. Start in 80 Sekunden. Was wird das jetzt?"

Vollkommen durchnässt lief die Ermittlerin zu Turner hinüber.

„Was sehen Sie?"

„Die Bilder sind nicht klar, aber irgendetwas bewegt sich. In einem Gebäude. Ich kann das schlecht sehen, es ist zu dunkel."

„Baker, sehen Sie etwas *Neues*?" Sie konnte nicht genauer nachfragen, um die Überwachung des Verizon-Netzwerks nicht offenzulegen.

„Nein, alles wie gehabt."

„Shit. Herr Turner, beschreiben Sie uns präzise, was Sie sehen!"

Die Bildeinspielungen waren äußerst schlecht. Vermutlich bewegte sich Sokrates selbst in einem Gebäude langsam eine Treppe hinauf. Plötzlich wurde die Übertragung Bild für Bild immer klarer. Das Blaulicht eines vorbeifahrenden Einsatzfahrzeugs erhellte durch ein Fenster stroboskopartig den Treppenaufgang.

„Oh nein", rief Turner entsetzt. „Er ist in meinem Haus!"

„Wie bitte?"

„Die Livebilder kommen aus meinem Haus. Er geht in den ersten Stock. Zu den Schlafzimmern! Mein Gott, er holt sich meine Familie!"

Sokrates betätigte den Lichtschalter und die schlimmsten Befürchtungen des Journalisten wurden bestätigt. Der Serienkiller stand in Turners Schlafzimmer und visierte sein nächstes Opfer an. Helen lag friedlich schlafend unter einer dünnen Seidenbettdecke.

„Alle Einheiten zu Turners Haus! Sofort!", befahl Okeanos.

In rasender Eile schob sich der gesamte FBI-Apparat wieder zu einem Konvoi zusammen, um in Richtung Wisconsin Avenue zu starten. Die etwa 2,7 Kilometer zur Dumbarton Street waren in fünf Minuten zu schaffen.

„Fuck it, der FBI-Chopper ist mit Frau Huang auf dem Weg zur Notaufnahme und wird vom TV-Helikopter begleitet. Aber wir schnappen ihn trotzdem!", fluchte Smith.

Für den Ehemann war die Situation dramatisch. Er musste hilflos zusehen, wie ein bestialisch tötender Killer seiner Frau immer näher kam. Da er keinesfalls die Brille abnehmen konnte, damit sie den Kontakt zu seinem Haus nicht verloren, führte ihn Smith wie einen Blinden zu den Cadillacs. Das verzögerte die Abfahrt um etliche kostbare Sekunden.

„Ruft meine Frau an! Bitte!", flehte er wiederholt.

Um Punkt 22:50 Uhr wurde auch Sokrates' Sicht auf der Webseite veröffentlicht. Die Show ging weiter!

„Er ist gerade eben online gegangen", informierte umgehend Baker seine Kollegen über die beängstigenden Videobilder aus Troy Turners Privathaus.

***

148. KAPITEL

Konvoi Naval Observatory – Dumbarton Street
22:51:18 Uhr

Die Fahrzeuge donnerten durch den Regen die Wisconsin Avenue hinunter. Signalleuchten tauchten die Umgebung in blau, rot und weiß zuckendes Licht und Sirenen und Hupen zerrissen mit ihrem Lärm die Stille der Nacht.

„Die Leitung ist besetzt!" Nach mehrmaligem Anwählen der Privatnummer Turners über das Autotelefon schlug Agent Smith genervt mit der Hand auf das Cockpit des SUV.

Neben ihm saß Okeanos und gab Anweisungen über Funk.

„Zieladresse weiträumig absperren. Keine Maus darf da rein oder raus. Die Wisconsin Avenue mit den letzten Fahrzeugen für Schaulustige und Journalisten blockieren. Und zwar jetzt sofort!"

Dann drehte sie sich zu Jack Farrow um, der voller Neugierde seine Brille wieder aufgesetzt hatte. Es war jedoch deutlich zu erkennen, wie mitgenommen auch er war.

„Haben die Instruktionen Ihren Helikopter erreicht? Sie lassen auf keinen Fall einen Ihrer Journalisten zum Haus, auch keine TV-Wagen! Ich will die Adresse unbedingt geheim halten. Haben Sie das verstanden?"

„Das habe ich bereits angewiesen und die Redaktion hat es bestätigt. Ich hatte das auch Helen versprochen."

Farrow blickte besorgt zu Turner hinüber. Zum ersten Mal zeigte der Medienmanager so etwas wie mitmenschliche Besorgnis.

„Agent Baker, was ist mit von Karlsberg? Haben Sie Kontakt zu seinem Überwachungsteam aufgenommen?" Okeanos fiel sofort ihr Hauptverdächtiger ein.

„Ja, habe ich. Er ist beim Joggen."

Die Agentin staunte. Diese Antwort hatte sie als letzte erwartet. Sie nahm das Funkgerät noch näher ans Ohr, um ihn besser hören zu können.

„Wie bitte? Wiederholen Sie das noch einmal!"

„Herr von Karlsberg ist beim Joggen. Das wird sogar im Fernsehen gezeigt. Er läuft seit über zwanzig Minuten die Woodland Street auf und ab und wird von dem FBI-Team mit dem Auto begleitet. Ich habe gerade mit denen gesprochen. Er hat vorher um Erlaubnis gefragt."

Etwas machte Klick bei Okeanos. Das änderte vieles. Jetzt war allerdings nicht der richtige Zeitpunkt, um darüber weiter nachzudenken. Eine Entführung wurde gerade live im Internet übertragen. Sie mussten alles Menschenmögliche tun, um den Täter nicht mit seiner Beute entkommen zu lassen.

***

149. KAPITEL

Sokrates bewegte sich so zielstrebig, dass es schien, der Eindringling kenne die Räumlichkeiten bereits. In der rechten Hand hielt er etwas, das wie ein feuchtes Tuch aussah. Langsam zog er die glänzende Bettdecke von Helens Körper und gab ihren nackten Rücken Millionen von Augen zur Ansicht frei. Die bildhübsche Frau rollte sich, offensichtlich in dem Glauben, ihr Mann sei zurückgekehrt, gemächlich zu Sokrates herum und öffnete schlaftrunken, aber lächelnd die Augen.

Ihr Schrei war ohrenbetäubend.

Blitzschnell drückte ihr Sokrates den feuchten Lappen auf Mund und Nase. Helen hatte keine Chance, etwas anderes als die narkotisierende Substanz aus dem Tuch zu inhalieren. Am Anfang schlug sie noch kraftvoll um sich, zappelte. Die dumpfen Schreie konnten zwar durch das betäubende Textil nicht nach außen dringen, doch ihre Augen verrieten mehr als tausend Worte: Sie litt Todesängste. Schnell verloren ihre trommelnden Schläge immer mehr an Kraft. Mit dem Verdrehen ihrer Augen erschlaffte der halbnackte Körper endgültig.

Sokrates fuhr mit seiner Hand über den Oberkörper vor ihm. Der schwarze, matt glänzende Lederhandschuh streifte Helens Brüste. In einem Reflex zuckte der Körper der Frau und ihre Brustwarzen versteiften sich.

„Sehr schöne Brüste, um die werde ich mich später intensiver kümmern."

Plötzlich war im Hintergrund das Quietschen einer Türe zu hören.

***

150. KAPITEL

Turner wusste, um welches Geräusch es sich handelte: Es kam von der Türe zum Kinderzimmer.

„Bleib in deinem Zimmer, Tracy. Nein!" Der geschockte Vater stieß einen markerschütternden Schrei aus. Sofort brachte die unglaubliche Wirkung der hochauflösenden Bilder für ihn die Grenze zwischen seinem physischen und seinem geistigen Aufenthaltsort zum Verschwinden – auch, wenn diese 2.345 Meter voneinander entfernt waren. Troy Turner befand sich gefühlsmäßig nun vollkommen in der virtuellen Welt, in den Bildern aus seinem Schlafzimmer.

***

17

151. KAPITEL

Privathaus Troy Turner
22:52:03 Uhr

„Mom, Mom? Was ist mit dir?", rief eine verschlafene Kinderstimme.

Zuerst sah Tracy ihre Mutter, die in einem schwarzen Sack steckte, dann ein maskiertes Monster mit glänzenden Fliegenaugen, das auf sie zusprang und lange Fangarme nach ihr ausstreckte. Tracy reagierte blitzschnell, duckte sich unter den Greifern weg und schrie panisch auf. Instinktiv drehte sich das achtjährige Mädchen um und rannte kreischend zur Treppe. Ihre Kinderbeinchen schafften allerdings nur eine Stufe, bevor sie ein fester Griff an den blonden Locken zurückzog und zu Boden schleuderte. Tracy war gefangen. Im Gegensatz zu ihrer Mutter gab sie keinen Mucks von sich. Keine Gegenwehr behinderte die Betäubung durch den brutalen Entführer. Ihre kleine Kinderhand schlug leblos auf den Boden auf und Tracys verkrampfter Griff um das Stoffohr ihres pinken Plüschhasen lockerte sich, bis ihr das Kuscheltier schließlich aus der Hand rutschte.

Sokrates rollte geschickt einen kleineren Plastiksack für Kinderleichen aus und ließ das Mädchen ohne ihr Lieblingshäschen darin verschwinden.

Beide Plastikbeutel rutschten widerstandslos über die glatte Oberfläche des Holzbodens, als der Entführer sie hinter sich herzog. Dann schlug der menschliche Inhalt rhythmisch und dumpf auf den Stufen der Treppe auf. Es waren zwanzig Schritte bis zum bereitstehenden Fahrzeug, zwanzig Schritte eines fliehenden Menschen im Wettlauf gegen die nun noch 1.346 Meter lange Fahrt des FBI-Konvois. Nach dem Passieren der Eingangstüre rutschte die Beute die kurze Strecke über nassen Asphalt hinüber zu Sokrates' weißem Chevrolet Cargo Van, der mit geöffneten Hintertüren in der Einfahrt stand. Das gekidnappte Kind warf er als Erstes auf die Ladefläche.

Danach brach er die Videoübertragung ab: Episode IV war zu Ende. Der Kontakt der Außenwelt zu den Entführten war damit abgerissen.

***

152. KAPITEL

Konvoi Naval Observatory – Dumbarton Street
22:54:11 Uhr

Der schwere Cadillac driftete mit voller Fahrt nach links in die Dumbarton Street und geriet außer Kontrolle. Das Fahrzeug schlitterte über den Bürgersteig, wälzte vier Zeitungsständer platt und blieb schließlich mit gestopptem Motor auf der Außenterrasse des *5 Guys Burger Restaurants* stehen. Dem Regen war es zu verdanken, dass keine Besucher dort Platz genommen hatten. Sofort passierten die Fahrzeuge 2 und 3 die Stelle und beschleunigten weiter in Richtung des Tatortes.

Fluchend versuchte Smith das Fahrzeug wieder zu starten, während Okeanos zur Jagd nach dem Wagen des Entführers aufrief: „Sofortige Fahndung nach einem weißen Chevrolet Cargo Van, Baujahr um 2010. Baker, geben Sie Bilder des Fahrzeugs an alle Einheiten weiter. Achtung, der Fahrer ist bewaffnet und äußerst gefährlich."

Troy Turner war kurz vorm Durchdrehen. Er war keine sechshundert Meter von seinem Haus entfernt und zum Stillstand verurteilt, gestrandet in einem FBI-Fahrzeug. Mittlerweile hatten er und Jack Farrow die nichts mehr übertragenden Brillen abgenommen.

„Ich bringe ihn um!", schrie Turner.

Im selben Moment riss er die Türe auf, sprang aus dem havarierten Wagen und lief durch den nach wie vor strömenden Regen in Richtung seines Hauses. Nach zwei erneuten Versuchen von Smith, das Fahrzeug wieder zu starten, sprang der Motor schließlich an. Ohne Rücksicht auf die Aufbauten lenkte Smith den SUV krachend durch den hölzernen Zaun der Terrasse und hinterließ den schockierten Gästen im Inneren des Restaurants ein Bild der Verwüstung.

Achtzig Meter weiter öffnete Jack Farrow die Wagentüre, um seinen Partner während einer kurzen Verlangsamung der Fahrt wieder in das Auto springen zu lassen.

***

„Der Wagen steht noch da!", rief Okeanos erleichtert.

Zwei FBI-Karossen hatten die Ausfahrt verstellt und acht Männer standen um den Transporter herum mit SIG-551- und M16A4-Sturmgewehren im Anschlag, bereit, den Mörder zur Strecke zu bringen. Die Feuerkraft dieser Schusswaffen konnte die Wände des Chevrolets in kürzester Zeit durchsieben und Sokrates' Körper in Stücke fetzen. Jeder der Anwesenden hätte dies ohne eine Sekunde zu zögern in die Wege geleitet, wüsste er nicht genau, dass im Laderaum des Fahrzeugs zwei betäubte Geiseln lagen.

„Machen Sie jetzt keinen Unsinn, Herr Turner, Herr Farrow. Bleiben Sie hier im kugelsicheren Wagen", mahnte die Agentin.

Sie selbst und Smith zogen ihre Waffen und gingen vorsichtig zu dem weißen Van hinüber. Die Fahrerkanzel war leer, das war eindeutig zu erkennen. Sokrates musste sich bei den beiden Opfern im hinteren Teil des Wagens verschanzt haben. Doch die Hecktüren hatten keine Fenster. Es war unmöglich, den rückwärtigen Bereich des Transporters einzusehen.

„Sokrates, wir wissen, dass Sie da drin sind. Kommen Sie mit erhobenen Händen heraus. Sie haben keine Chance!"

Smith übernahm das Gespräch – eine gefährliche Aufgabe, denn anhand der Stimme konnte der Gegner im abgeschotteten Inneren erkennen, wo sich jemand aufhielt, und blind das Feuer in diese Richtung eröffnen, selbst geschützt durch die Körper seiner Geiseln.

Doch es kam keine Antwort. Wie tausendfach eingeübt, näherten sich nun zwei SWAT-Spezialkräfte mit kugelsicherer Schutzbekleidung dem Wagen und zählten bis vier. Genau wie am Vortag bei dem Krankenwagen rissen sie dann die Hecktüre bis zum Anschlag auf, um den FBI-Schützen volle Sicht auf die Zugriffsperson zu geben. Keiner der Anwesenden traute seinen Augen. Ebenso, wie es der Krankenwagen gewesen war, war auch der Transporter vollkommen leer.

***

„Wie hat er das gemacht? Gerade eben war er noch hier." Smith schüttelte perplex den Kopf.

Jetzt konnte Turner nichts mehr in dem FBI-Fahrzeug halten. Er lief zu dem Transporter hinüber, sprang auf die Ladefläche und suchte dort ebenso hilflos wie vergeblich seine Frau und sein Kind. Die Verzweiflung trieb ihn ins Haus, um dort weiter nach den so gewalttätig Entführten Ausschau zu halten, obwohl eigentlich klar war, dass er dort keine Menschenseele mehr antreffen würde. Seine Familie war in den Händen des Killers.

„Helen? Tracy? Helen?" Seine Stimme wurde immer schwächer.

Okeanos lief ihm nach und fand ihn, vor Wut und Angst heulend, auf dem Küchenboden knien.

„Ich bringe das Schwein um!"

Einen Moment später erschien auch Jack Farrow, ging neben ihm in die Hocke und nahm den schluchzenden Mann tröstend in den Arm. Das war die zweite wirklich mitmenschliche Geste, die der Geschäftsmann zeigte.

Okeanos war erschüttert. „Herr Turner, ich verspreche Ihnen, ich finde Sokrates. Und ich werde alles tun, was in meiner Macht steht, um Ihnen Ihre Familie gesund wiederzubringen!" Nun lief auch ihr eine Träne über das Gesicht.

Dies alles war einfach zu viel, um dabei noch professionell kühl und gefasst zu bleiben.

Troy Turner blickte ihr in die Augen.

„Ich bringe ihn um", wiederholte er. „Ich werde diesen Abschaum finden und umbringen!"

Okeanos verließ das Haus und ging apathisch zum Wagen zurück. Sie fühlte sich innerlich vollkommen leer. Hier konnte sie nichts mehr tun.

„Steve, bitte tu mir den großen Gefallen und schließ die Dinge hier ab. Ich muss etwas Wichtiges erledigen. Ich bleibe aber in Bereitschaft. Wenn nichts weiteres passiert, sehen wir uns morgen um 8:00 Uhr."

„Jetzt noch? Scheißjob!"

Smith lächelte seiner Kollegin zu. Er respektierte sie zu sehr, um nachzufragen, was es war, dass sie noch zu erledigen hatte.

„Ja, Scheißjob. Hätten wir bloß etwas Richtiges gelernt."

Sie lächelte müde zurück, stieg in den verbeulten Wagen und fuhr los. Trotz ihrer Erschöpfung empfand sie eine gewisse Aufregung. Der Fall hatte eine unerwartete Wendung genommen. Doch was die Agentin noch mehr beschäftigte, war der Umstand, dass ihr Hauptverdächtiger nun endgültig ein Alibi hatte.

***

153. KAPITEL

Britische Jungferninseln
Tortola Island – Road Town
23:12 Uhr

Dem heruntergekommenen Holzbau in der Pickening Road, schräg gegenüber der anglikanischen Kirche, fehlte außer einer Komplettrenovierung auch der sonst für diese Insel so typische bunte Farbanstrich.

Das nur aus einem einzigen Geschoss bestehende Gebäude hatte seit Jahren keine Pflege mehr erhalten, und so hatten seine Wände ihr einstiges strahlendes Weiß nun gegen ein fleckiges Grau eingetauscht. Der Bau wirkte fast so traurig wie einer der vielen verlassenen Straßenköter an den Mülltonnen der nur 8.700 Seelen zählenden Küstensiedlung im Karibischen Meer.

Wie kann dieser Mann überhaupt noch irgendwelche Kunden haben?

Van Dyke schlich an der linken Hausmauer entlang durch einen kleinen, über die Jahre vollkommen zugewachsenen Garten. Geschützt durch die Vegetation, konnte er von der Straße aus nicht bei seinem Vorhaben beobachtet werden, unbemerkt zum Hintereingang von Bud Springfields Büros zu gelangen. Auf seinem Weg prüfte der nächtliche Besucher, ob irgendwelche Fenster oder Türen offen standen, was bei dem nur 60 Quadratmeter messenden Gebäude schnell erledigt war. Am rückwärtigen Teil der Hütte angekommen, blickte er durch ein kleines, offensichtlich seit Ewigkeiten ungeputztes Fenster, das sich direkt neben einer klapprig wirkenden Holztüre befand. Wie nicht anders erwartet, war die schäbige Baracke menschenleer.

Wo ist der Bursche nur hin? Seit vier Wochen vermisst. Ohne Nachricht. Wahrscheinlich im Suff ins Meer gefallen.

Bis hierher fühlte sich van Dyke vollkommen sicher, hier draußen würde er sich jederzeit herausreden können, falls ihn jemand entdeckte. Aber was er nun vorhatte, war schlichtweg eine schwere kriminelle Handlung. Wenn er sich dabei erwischen ließ, würde das in dieser kleinen Gemeinde seinen Ruf für immer zerstören. Für einen Moment hielt er inne und blickte durch das Blattwerk hinaus auf einen im Mondschein silbern flackernden Streifen, der sich malerisch von der Bucht bis zum Horizont zog. Es war der sechste Tag nach einem spektakulären Vollmond und van Dyke erinnerte sich an die wunderbare Vollmondnacht mit seiner Freundin auf See.

Was tue ich hier eigentlich? Ich sollte mit meiner Kleinen auf dem Boot sitzen, Cocktails schlürfen und mir die Seele aus dem Leib vögeln.

Doch er hatte immer noch die schrecklichen Bilder der letzten beiden Episoden vor Augen.

Nein, ich kann bei etwas so Widerwärtigem nicht tatenlos zusehen. Es muss in den Firmendokumenten einen Hinweis auf Sokrates' echten Namen geben. Und diese Information ist in dieser Hütte zu finden.

Ein kurzes Krachen, und schon war die Hintertüre mit dem mitgebrachten Schraubenzieher aufgebrochen. Sofort schlug ihm der modrig feuchte Geruch der seit Wochen im Raum stehenden Luft entgegen. Beim Betreten des Büros bemerkte er, wie sein Herz schneller zu schlagen begann. Unter jedem seiner Schritte knarrte leise der Holzdielenboden, was in seinen Ohren jedoch lauten Alarmsignalen gleichkam. Die Laternen vor dem Gebäude und der noch immer intensiv leuchtende Mond gaben van Dyke genug Licht, um das Büro problemlos ohne den verräterischen Lichtkegel einer Taschenlampe durchstöbern zu können. Gleich hinter der nun aus dem Schloss gehobenen Türe erstreckte sich über die gesamte Länge der Hütte ein circa neunzig Zentimeter breiter Gang, der nur durch dünne Holzbretter von dem Arbeitsraum selbst abgetrennt war. Rechter Hand war so etwas wie eine kleine Küche eingebaut und links eine nur durch einen Vorhang verhängte Toilette.

Zwei durchdringende Quietscher des Bodenbelages später stand der 42-Jährige mitten im Büroraum seines Konkurrenten. Im Kontrast zu dem heruntergekommenen Äußeren des Gebäudes war das Arbeitszimmer überraschend aufgeräumt.

Als ob er seinen Abgang geplant hätte, ging es ihm durch den Kopf, *selbst die Küche ist tadellos sauber.*

Vor van Dyke stand ein ausgeleierter Ledersessel, der zu einem schweren, dunkelbraunen Arbeitstisch mit fünf Schubladen gehörte. Zwei der Schubladen befanden sich auf der linken und drei auf der rechten Seite. Doch van Dyke suchte nach etwas anderem. Ein Blick nach rechts und er fand das Möbel, worin er die Geschäftsunterlagen vermutete: den obligatorischen Aktenschrank. Versuchshalber zog er an der ersten Schublade, die jedoch verschlossen war. Auch das hatte er vermutet. Dass der Schrank aus Metall sein würde, hatte der Eindringling aber nicht vorausgesehen. Und einen Metallschrank aufzubrechen, würde definitiv zu viel Lärm machen. Obwohl van Dyke so schnell wie möglich wieder aus dem Gebäude verschwinden wollte, machte er nun zunächst das, was ihm beim Nachdenken zur Gewohnheit geworden war: Er setzte sich auf den Chefsessel, um sich in Bud Springfields Lage zu versetzen.

Wo würdest du den Schlüssel aufbewahren?

Nacheinander öffnete er die Schubladen des Schreibtischs, rechts beginnend: Bürokram, Stifte und ein billiges *Old-Fashion*-Glas in der ersten, eine verschlossene Kasse in der zweiten. Und schließlich die zu erwartende Flasche des lokal gebrauten *Arundel Cane Rums* – jedoch halbvoll, nicht leer, was wiederum für ein ungeplantes Verschwinden des Hobbyalkoholikers sprach. Die linke obere Schublade war flacher und voll mit Visitenkarten, die untere, dafür besonders hohe Schublade beherbergte alphabetisch von A bis Z geordnete Hängeregister.

Van Dyke ließ seinen Blick kurz über die Register schweifen und fiel unzufrieden in den Sessel zurück. Dann tastete er unter der Tischkante nach dem Schlüssel, vergeblich.

Plötzlich wurde ihm eine kleine Unregelmäßigkeit bewusst, die er in dem Hängeregister wahrgenommen hatte. Er öffnete die Schublade erneut und blätterte in dem Register vor bis zum J, das sich hier jedoch bereits an siebter anstatt wie im Alphabet an zehnter Stelle befand. *J. Bond* stand auf dem kleinen Beschriftungskärtchen. Van Dyke zog die Mappe heraus und öffnete sie. Es lagen drei Schlüssel darin.

Perfekt, das war viel einfacher, als ich gedacht hätte. James Bond 007 als Gedankenstütze für das versoffene Gehirn.

Aufgeregt probierte er den ersten Schlüssel aus. Das Metallschloss des Aktenschranks klackte freundlich. Beim bläulichen Schein seines Handydisplays überflog er die Registerkarten der Sektion C.

In diesem Moment war es mit der Stille vorbei. Etwas schlug heftig gegen die Hauswand und verursachte ein lautes Krachen, einen Lärm, der jeden in der Umgebung aufwecken musste. Unmittelbar jenseits der Wand begannen zwei Männer zu lachen. Van Dyke blickte erschrocken in Richtung des Geräusches, da folgte bereits ein zweiter Aufschlag.

Verdammt, was machen die da?

Besorgt spähte er aus dem Seitenfenster und erkannte sofort, was los war. Zwei Betrunkene torkelten lautstark auf der Straße umher und warfen mit Steinen auf das Holzhaus.

Diese Idioten!, dachte er. Er war so nah an seinem Ziel. Jetzt unerledigter Dinge aus der Hütte zu fliehen, war nicht seine Art. So wandte er sich abermals dem Hängeregister zu und ließ unter zwei Fingern flink die Registerkarten mit uninteressanten Firmennamen wegrutschen. Die Betrunkenen kamen der Hütte immer näher. Endlich fand er die so dringend gesuchte Karte der *Cyber-Incorporation IBC* und nahm das Dokument hektisch an sich. Jetzt hieß es abhauen, bevor die beiden Kerle ihn hier drin entdeckten. Doch es war bereits zu spät. Die zwei Gestalten standen unmittelbar vor dem Holzhaus und würden ihn sicher im nächsten Moment durch die Glastüre im Inneren des Büros sehen und sofort die Polizei rufen. Instinktiv ging van Dyke in die Knie und suchte Schutz hinter der altmodischen Schreibtischfront.

„Buuuuddy, wo bist du, alter Hund?"

Buddys Steinchen werfende Kumpels waren offensichtlich voll bis zum Anschlag und wollten ihrem vermissten Stammtischbruder einen Besuch abstatten.

„Biste verreckt? Du kannst uns doch nicht so alleine lassen!"

Einer der Saufkumpane trommelte gegen die Türe.

Unterbrochen von einem pfeifenden Husten grölte eine der beiden Stimmen, bis deren Besitzer schließlich einen Geistesblitz hatte.

„Ej, lass uns von hinten reingehen. Der hat bestimmt noch Stoff im Lager."

Angetrieben von dieser Eingebung, setzten sich die Betrunkenen schleppend in Bewegung und steuerten unter Aufbietung aller Konzentration, sich gegenseitig innig an den Schultern in der Balance haltend, den rückwärtigen Garten an.

Nun saß van Dyke in der Falle. Der einzige Weg zur Straße zurück führte über genau den engen Pfad entlang der Hauswand, den die ungebetenen Besucher jetzt entlangtorkelten. Zwei Schatten streiften bereits das seitliche Fenster. In wenigen Sekunden würden sie in der Hintertüre erscheinen. Er selbst hatte diesen Zugang aufgebrochen, der nun sperrangelweit offen stand. Es gab nur eine Lösung, er musste sich auf einen Kampf und anschließende Flucht vorbereiten.

Mit zwei betrunkenen Pennern konnte er es bestimmt aufnehmen.

Damit käme zu dem Einbruch aber auch noch Körperverletzung auf die Liste der Straftaten, die ich heute begangen habe. Dieser Gedanke lähmte ihn. Van Dyke hockte angespannt unter dem Tisch und blickte durch die geöffnete Türe in den Garten hinaus, unwillkürlich auf ein Wunder hoffend.

Das Laternenlicht warf die Silhouetten der Männer auf den Boden, sodass van Dyke die Szene wie ein Schattentheater verfolgen konnte. Wegen des schmalen Pfades hatten sie sich aus ihrer stützenden Umarmung gelöst, und plötzlich geriet die kleinere, untersetzte Gestalt ins Wanken und stolperte mit voller Wucht gegen ihren Begleiter. Durch den Aufprall knallte dieser heftig gegen die Wand und verlor ebenfalls das Gleichgewicht. Im nächsten Moment kugelten beide Männer die leicht abschüssige Gartenanlage hinunter, blieben schließlich stöhnend liegen und streckten wie Käfer auf dem Rücken alle Gliedmaßen von sich. Van Dyke erkannte sofort seine Chance. Bevor sich die zwei Betrunkenen wieder aufgerappelt hatten, musste sein Fluchtweg jetzt für wenige Augenblicke frei sein. Mit einem Satz sprang er auf, schlug heftig mit dem Kopf von unten gegen die Tischplatte und versuchte sich taumelnd aufzurichten. Der Schlag war jedoch so heftig gewesen, dass er sich kurz auf dem Schreibtisch abstützen musste, um wieder zu sich zu kommen. Da sah er es: Direkt vor ihm lag Buddys Terminkalender auf der Tischplatte. Die Registerkarte in der linken Hand, griff er mit der freien Rechten instinktiv nach dem Buch. Mit beiden Beutestücken rannte er schnell zur Hintertüre und spähte in den Garten hinaus. Die beiden Betrunken schienen ihn nicht bemerkt zu haben. Doch plötzlich rief eine laute Stimme: „Buuuuddy? Bist du doch da?"

Van Dyke stieß einen Schreckensschrei aus und rannte los. Sein Herz raste wie wahnsinnig. Trotzdem war er voller Jubel. Er hatte mehr als erwartet in seinen Händen: die Geschäftsakte der *Cyber-Incorporation IBC* und Bud Springfields Terminkalender.

***

154. KAPITEL

FBI-Tiefgarage – Raum M3
23:14 Uhr

Ihr Privathandy lag wie immer in der Seitenablage des Porsches. Seit das FBI von den älteren Funkgeräten auf abhörsichere Handys mit Intercom-Funktion umgestellt hatte, tätigte Okeanos auch private Anrufe oft mit ihrem Geschäftshandy, und so lag ihr zweiter, privater Apparat entsprechend ihres enormen Arbeitspensums die meiste Zeit unbenutzt im Auto herum. Bei der nervenaufreibenden Suche nach Frau Huang hätte sie das Gerät allerdings dringend brauchen können.

Ein Blick auf ihr FBI-Handy zeigte ihr, dass durch die Veröffentlichung ihrer Telefonnummer die technisch maximal zu verarbeitende Anzahl von unbeantworteten Anrufen und eingegangenen Nachrichten von der Sokrates-Community ausgeschöpft worden war. Das Display zeigte für beide Kategorien 99.999 Einheiten an.

Einige Hundert dieser Anrufe und Nachrichten waren bestimmt von meiner Mutter, erinnerte sie sich der beschämenden Szene in der St.-Sophia-Kathedrale. *Oder auch gar keine mehr.*

Ein Blick auf die Uhr verbat es der Tochter, ihrem ersten Impuls zu folgen, Theodora sofort anzurufen – sehr wahrscheinlich hätte sie die Mutter dadurch aufgeweckt. Stattdessen zog sie das FBI-interne Anwesenheits-App auf den Minibildschirm und stellte fest, dass Agent Baker immer noch im Haus war.

Okeanos öffnete den Kofferraum des Wagens, der eher wie ein Verkaufsladen von Hehlerware anmutete als wie der

Stauraum eines Sportwagens. Das Ding war voller luxuriöser Designertaschen, Schuhe, Tops, Röcke und glitzernder Accessoires, all dies nach Kategorien geordnet verstaut in mehreren Reisetaschen. Ohne diesen fahrenden Kleiderschrank würde sie niemals rechtzeitig zu einer Verabredung erscheinen. *Rechtzeitig* hieß in ihrer Welt allerdings eh mit mindestens 30 Minuten Verspätung.

Für die anstehende Situation entnahm die Agentin den Taschen ein dunkelblaues Kostüm, eine hautfarbene Bluse und passende Mid-Heels. Dann ging sie die wenigen Schritte zum Aufzug hinüber, fuhr in den dritten Stock und betrat den Raum M3. Wie immer zischte die Vakuumpumpe der Schiebetüre und Agent Baker wandte sich der Türe zu. Ein erleichtertes Lächeln überzog sein Gesicht.

„Mein Gott, Sie haben mir vielleicht einen Schrecken eingejagt, als Sie da runtergefallen sind. Sind Sie wirklich okay?"

„Ja, das gehört zum Beruf." Ihre Worte klangen in ihren eigenen Ohren wie eine Ausrede. „Übrigens, Sie haben sehr gut gearbeitet heute."

Bakers Lächeln verbreiterte seinen Mund beidseitig um weitere fünfzehn Millimeter, was ihn allmählich wie *Batmans Joker* aussehen ließ.

„Was machen Sie eigentlich noch hier?"

„Der Fall lässt mich nicht los. Eigentlich starre ich nur auf den Bildschirm und versuche, das alles zu verstehen."

Baker wirkte ausgelaugt. Er nahm seine Brille ab, rieb sich die kleinen Augen und streifte die Haare nach hinten. Für einen Moment sah er richtig attraktiv aus, bis die Brille wieder ihren Platz auf seiner Nase gefunden hatte und sein Gesicht wieder streberhaft erscheinen ließ.

„Geht uns allen so. Gibt es irgendetwas Neues von Ihrer Freundin?"

„Ja, ich habe eine Nachricht erhalten. Der Sache werde ich aber zu Hause nachgehen."

„Sonst noch Infos?" Okeanos blickte auf die Uhr, sie wollte weg.

„Nein, gar nichts. Aber ich habe mir erlaubt, auf Ihrem Twitter-Account bezüglich der Telefonnummern eine Nachricht zu veröffentlichen, mit der Bitte nicht mehr anzurufen. Das Ganze ist auch per Pressemitteilung an die Öffentlichkeit gegangen. Ich denke, es sollten bald keine Anrufe mehr eingehen."

„Sehr gut. Warten Sie mal." Sofort nach dem Aktivieren des Vibrationsalarms rüttelte das Gerät wieder los. „Leider doch."

„Das tut mir leid. Es wird voraussichtlich bis morgen dauern, alle Anrufe zu löschen. Ich habe das bereits bei der Technik veranlasst. Eine Rufnummernhistorie wird trotzdem zur Überprüfung gespeichert."

„Sie denken wirklich mit. Hier, das ist meine Privatnummer. Ab sofort können Sie mich darüber erreichen."

Jetzt wurde Baker wirklich zum Joker.

„Wieso strahlen Sie so?"

„Ich bin einfach froh, dass Sie okay sind."

Okeanos war gerührt. Sie drehte sich um und blickte kurz zu Boden. Während sie eine Haarsträhne hinter ihr Ohr schob, suchten ihre Augen wieder den Blickkontakt zu ihrem Assistenten.

„Agent Baker, es tut gut, jemanden wie Sie im Team zu haben. Sie sind anders als die üblichen Machos hier im FBI." Bei diesen Worten lächelte sie mit einer Natürlichkeit, wie es Baker an seiner Vorgesetzten noch nie gesehen hatte. „Gehen Sie jetzt nach Hause. Wir sehen uns morgen früh um acht. Gute Nacht."

Baker schmolz dahin. So ein „Gute Nacht" wünschte er sich jeden Abend von dieser Frau, kurz vor dem Einschlafen, zu Hause, neben ihm im Bett.

***

155. KAPITEL

Washington, D.C. – Unbekannter Ort
23:19 Uhr

Helens Äther-Betäubung hielt nur wenige Minuten an. Sokrates wusste sehr gut, dass das Inhalieren der Dämpfe in geringen Dosen rauschhafte Zustände mit starker emotionaler Erregung, veränderter Wahrnehmung und wirren, psychotisch anmutenden Gedankengängen hervorrufen konnte. Auch sehr unangenehme, teils traumatisierende Angstzustände waren nicht selten. [1] Bei höheren Dosierungen trat jedoch ein apathischer Zustand ein, in dem das Opfer nicht mehr ansprechbar war. Turners Frau hatte er das Narkotikum in einer so hohen Konzentration verabreicht, dass auch die unangenehmen Nebenwirkungen wie starker Kopfschmerz, Brechreiz und Unruhe unvermeidlich eintreten mussten.

Helen kam nur langsam wieder zu sich. Die Aufschläge auf den Treppenstufen hatten starke Prellungen an Kopf und Rücken verursacht und diese lösten nun bei der kleinsten Bewegung stechende Schmerzen aus. Sie stöhnte leise und öffnete noch benebelt ihre Augen. Noch empfand sie die Situation wie einen Traum, ihr Empfinden war durch die Apathie gedämpft. Durch einen kleinen Spalt drang Licht. Die Kälte, die sie durch das dicke Plastik hindurch spürte, ließ sie einen Betonboden unter sich vermuten. Erinnerungsfetzen tauchten auf: das dumpfe Zuschlagen einer Fahrzeugtüre, Ruckeln, das Umherrollen ihres Körpers in Kurven, Zusammenstöße mit einem anderen, kleineren Körper. Sie musste irgendwohin transportiert worden sein, eingesperrt in einer undurchsichtigen Plastikhülle.

Schlagartig wurde nun ihre Wahrnehmung klarer, heller, realer. Helen überfiel panische Angst, begleitet von dem schrecklichen Gefühl der Enge, das sie regelmäßig auch in geschlossenen Aufzügen fürchten ließ, die Luft würde zu knapp werden und sie ersticke. Zudem war sie erfüllt von Verzweiflung darüber, hilflos zu sein und nicht flüchten zu können. Doch etwas hinderte sie daran, diese Phobien herauszuschreien und panisch herumzuzappeln, sondern fesselte sie starr und lautlos in ihrem Gefängnis. Dieses *andere* war wichtiger, verdrängte alle Sorge, die sie um sich selbst empfand. Ihr Mutterinstinkt verlangte drängend nach einer Antwort: Wo, um Himmels willen, war ihre kleine Tochter?

***

156. KAPITEL

Die Szene hätte in jedes Playboy-Video gepasst: Bereits zum zweiten Mal heute stand Okeanos vor dem Spiegel im Damenwaschraum und versuchte, zumindest optisch zu regenerieren. Nur bedeckte diesmal außer einem weißen Slip und einem 70-C-Halbschalen-Push-up nichts mehr ihren Körper, dessen erotische Ausstrahlung ihr selbst nicht mehr bewusst war. Der Sturz hatte mehr Verletzungen verursacht, als sie im ersten Moment hatte wahrhaben wollen. An ihrem Hinterkopf war eine kleine Platzwunde, der Rücken hatte mehrere Blessuren erlitten und ihr linkes Bein zierte eine Schürfwunde. Um den gröbsten Schmutz zu entfernen, glitt sie behutsam mit einem nassen Handtuch über die Wunden. Doch für ihre Haare war alles zu spät. Der Regen hatte jede Möglichkeit einer offenen Frisur zunichtegemacht. Geschickt streifte Okeanos ihre Haare nach hinten, zog sie durch den doppelt gelegten Haargummi und strich sich die widerspenstigen seitlichen Strähnen hinter die Ohren. Es wurde spät und sie spürte allmählich ein Gefühl der Unruhe in sich aufsteigen. Hastig schlüpfte sie in die frischen Kleider, eilte in die Parkgarage und lenkte eine Minute später den Porsche vom Gelände.

***

157. KAPITEL

Nach dem relativ milden Tag lag die Temperatur 39 Minuten vor Mitternacht noch immer bei angenehmen 23 Grad. Die für das tropische Klima charakteristische hohe Luftfeuchtigkeit lag jedoch bei 78 Prozent und trieb van Dyke, in Zusammenarbeit mit seiner beträchtlichen Aufregung, den Schweiß aus den Poren. Sein dunkelblaues Leinenshirt war völlig durchnässt, als er den klimatisierten Raum des Pusser's Road Town Pub betrat.

Jetzt nur ein Alibi, dachte er. *Die Penner können sich bestimmt nicht an die genaue Zeit erinnern, und überhaupt, wenn etwas ist, dann fällt der Verdacht sowieso auf die beiden.*

„Hey man, was geht?", begrüßte ihn der Mann hinter der Bar.

„Alles cool. Larry, bring mir bitte 'n Draft. Aber 'n großes."

„Geht klar." Der bärtige Barbesitzer starrte auf das feuchte Hemd seines einzigen Gastes. „Kommste gerade vom Vögeln oder warum schwitzt du so?"

„Drei Runden." Van Dyke zwinkerte ihm zu. „Aber erzähl es Ramona nicht."

Der Barmann lachte schallend, zog mit Daumen und Zeigefinger über seine geschlossenen Lippen und bestätigte so seine Verschwiegenheit. Larry freute sich so sehr über den Männerwitz, dass er noch während des Zapfens kopfschüttelnd in sich hineinkicherte.

Na, der wird sich jetzt ganz sicher an mich erinnern. Van Dyke setzte sich an einen etwas abgelegenen Tisch und legte die ergatterten Unterlagen neben sich auf die Bank. Kurz darauf knallte das kühle Lager auf die Holzplatte und 128 Kilogramm Lebendgewicht stützten sich schwer schnaufend mit den Fäusten auf der massiven Holztischplatte ab. Der im Hawaiihemd gewandete Gastronom war sichtlich in seinem Element und seine Augen zwinkerten schelmisch aus dem runden Kopf.

„Na, wer war die Glückliche?"

Van Dyke, der darauf brannte, die Unterlagen zu sichten, war in Gedanken bereits weit weg von seiner imaginären Liebesnacht.

„Ach, 'ne Touristin. Grad mal 25 Jahre alt. Aus Brasilien. Ich hab ihr gesagt, sie soll morgen mal hierherkommen. Ich glaube, die braucht's täglich."

Die kleinen Fischaugen seines Gegenübers erweiterten sich. „Oho. Wie sieht die Schnecke aus?"

Van Dyke hatte keine Lust, sich zu sehr in seiner Lüge zu verstricken. Jeder Tourist hier wurde registriert und bei der Polizei waren Scans der Reisepässe hinterlegt.

„Na wie 'ne Brasilianerin halt. Die erkennst du sofort." Van Dyke formte riesige Lippen und ebenso große Brüste. „Du, ich muss kurz über was nachdenken."

Endlich ließ ihn der Wirt allein, nicht ohne ihm im Gehen noch einmal den gehobenen Daumen hinzuhalten.

Van Dyke nahm einen großen Schluck von dem kühlen Getränk und öffnete dann zuerst die Hängeregisterkarte. Was er sah, machte ihn stutzig: In dem Folder befanden sich nicht die sonst üblichen Firmenunterlagen, sondern lediglich ein versiegelter Umschlag und die ausgedruckten Kontaktdaten eines Notars in Washington, D.C.

Ich werde nicht auch noch den Brief öffnen, sonst hab ich zusätzlich noch eine Verletzung des Briefgeheimnisses am Hals. Das soll Agent Baker entscheiden.

Schnell scrollte er auf seinem Handy zu der entsprechenden Nummer und tippte auf das Display. Nach drei Klingeltönen wurde abgenommen.

„FBI Washington."

„Ich würde gerne mit Agent Baker sprechen."

„Wie ist Ihr Name?"

„Jackson, er weiß, um was es geht."

„Ich fürchte, Agent Baker ist bereits außer Haus. Ist es ein Notfall?"

„Nein, aber bitte hinterlassen Sie eine Nachricht, dass er dringend auf den Britischen Jungferninseln anrufen soll."

Im Hintergrund war flinkes Drücken auf einer Tastatur zu vernehmen.

„Ist im Nachrichtensystem gespeichert, Herr Jackson. Gibt es sonst noch etwas?"

„Nein. Gute Nacht."

Bereits während des Telefonats hatte van Dyke begonnen, in dem Terminkalender zu blättern. Als er zum 15. März kam, stoppte er verwundert. Das war genau der Tag, seit dem Bud Springfield vermisst wurde. Immer schneller schlug er dann die Seiten um. Von diesem Tag an waren sämtliche Termine bis heute durchgestrichen. Erst am Montag, den 17. April, also übermorgen, fand sich wieder ein Eintrag, und der war fett unterstrichen:

Anruf bei Notar Aquilla & Partners, Washington, D.C.!

Dieser Motherfucker ist nicht verschollen. Er ist bis Montag untergetaucht. Aber warum nur?

Van Dykes Aufregung wandelte sich zunehmend in Müdigkeit. Allerdings wollte er definitiv noch nicht nach Hause gehen. Seine Freundin Ramona würde ihm sicher die Hölle heißmachen mit ihren üblichen Fragen und Unterstellungen, nur weil er einmal ein paar Stunden alleine weg war. Eigentlich war es nötiger, ein Alibi für sie zu haben als für die Polizei. Und das hatte er sich nun mit seiner Männerlüge vollkommen versaut.

Er trank das Bier in einem Zug aus und klopfte mit dem leeren Glas auf den Tisch.

„Larry, noch eins, aber ich komme an die Bar."

***

158. KAPITEL

Angestrengt lauschte sie den Geräuschen, die zu ihr drangen.

Bitte, lieber Gott, lass sie zu Hause in Sicherheit sein.

Immer wieder bewegte sich ein Schatten vor dem kleinen Spalt, der sich direkt vor ihrem Gesicht befand. Helen konnte jedoch nicht erkennen, worum es sich dabei handelte. Plötzlich war das Aufziehen eines schweren Reißverschlusses zu hören. Doch ihre eigene Hülle blieb verschlossen.

Unter größten Anstrengungen zog Helen in dem engen Schlauch einen Arm nach oben und steckte den Zeigefinger durch die kleine Öffnung, um den Schlitz vor ihren Augen vorsichtig zu vergrößern. Nach nur einem Zentimeter stoppte sie allerdings der blockierte Schlitten des Reißverschlusses in ihrem Vorhaben. Sie war hilflos eingesperrt.

Plötzlich füllte ein herzzerreißender Aufschrei den Raum. Er kam von Tracy.

„Tracy! Tracy!" Helen schrie jetzt alle ihre Ängste heraus.

„Mom …" Das Kreischen der Tochter wurde lauter.

„Maaaamiiiiii, wo bist du?" Nun wurde die Stimme dumpfer und entfernte sich. „Mamiiiiiii!"

Eine Metalltüre donnerte schwer in ihren Rahmen, ein Schloss wurde verriegelt. Stille.

Helen konnte es nicht mehr aushalten. Ihre Verzweiflung fand in einem klaustrophobischen Anfall ihr Ventil und sie fing in dem Leichensack wie wild an zu zappeln.

Doch nur für kurze Zeit, denn nun hörte sie Schritte. Jemand näherte sich ihr. Sie erstarrte vor Angst. Ein schmerzhafter Stich in ihre Schulter, unmittelbar darauf glitt sie zurück in eine angenehme Ruhe. Es wurde heller, der kleine Spalt vor ihr vergrößerte sich und schließlich öffnete sich ihr Gefängnis. Helen fühlte sich schwach, hilflos und müde. So sehr sie auch dagegen ankämpfte, sie verfiel langsam in vollkommene Bewegungslosigkeit, war wie gelähmt. Sokrates hatte ihr offensichtlich ein weiteres Betäubungsmittel gespritzt. Das letzte, was sie wahrnahm, war das emotionslose Gesicht des Serienmörders und etwas, was sie in der letzten bewussten Sekunde noch einmal erschrecken ließ: Im Zentrum des Raumes stand eine angsteinflößende Apparatur, ähnlich einem elektrischen Stuhl, und im 90-Grad-Winkel davor war eine kleine Bank mit einem Pranger aufgestellt. Helen wurde klar, dass dieser Aufbau für sie bestimmt war. Für sie und ihre kleine Tochter. Dann wurde alles schwarz.

***

159. KAPITEL

Der starke Regen hatte nachgelassen und es nieselte nur noch auf die Windschutzscheibe. Obwohl sich die leitende Agentin nicht offiziell angemeldet hatte, wurde sie erkannt und sofort durch die Absperrung gewunken, ohne dass der FBI-Ausweis, den sie kurz an das Seitenfenster hielt, von den Sicherheitskräften kontrolliert worden wäre. Wie das Licht die Motten, so hatte Episode III die Journalistenmeute zum Naval Observatory gezogen, und daher erreichte Okeanos nun von ihnen unbehelligt die Villa am Thompson Circle.

Je näher sie dem Gebäude kam, desto mehr kam Messine an die Oberfläche und verdrängte die immer skeptische Agentin. Und die Nervosität, die sich nun in ihrem Körper ausbreitete, war nicht hervorgerufen durch Verbrechen und Bedrohungen, sondern durch einen biochemischen Prozess, den sie seit langem vermisst, ja aus ihrem Gefühlsrepertoire bereits gestrichen geglaubt hatte. Die Wiederwahlfunktion ihres intelligenten Telefons versuchte mittlerweile bereits das dritte Mal vergeblich, Michael von Karlsbergs Stimme in den Innenraum des Porsches zu locken, doch deutete sie dies als ein gutes Zeichen: Er war also noch immer beim Laufen. Ihr Fahrzeug rollte in die Einfahrt und ihre Augen suchten vergeblich nach dem FBI-Wagen, der zur Überwachung des Ex-Verdächtigen abgestellt worden war.

Jetzt beschützen die Jungs ihn eben stattdessen, ging es ihr durch den Kopf, als sie aus dem Sportwagen stieg und die wenigen Schritte zum Eingang lief. Durch die Fenster leuchtete warmes Licht und die Villa strahlte eine einladende Atmosphäre aus. Fast 32 Stunden nach ihrem ersten Besuch hob sie nun erneut den Messingknopf und ließ ihn laut an die edle Türe schlagen. Neugierig näherte sie sich dem kleinen Guckloch, als neben ihr ein Schatten erschien. Sie erschrak und drehte sich blitzartig um. Wie aus dem Nichts erschienen, stand schwer atmend Michael von Karlsberg vor ihr und lächelte sie an.

„Hi."

„Hi." Okeanos reagierte eingeschüchtert. „Ich wollte noch etwas besprechen, aber ich kann gerne morgen noch einmal kommen, wenn es zu spät ist."

Doch von Karlsberg ergriff ihre Hand.

„Nein, ich habe es doch schon gesagt, ich werde heute Nacht sicher nicht schlafen. Da hilft selbst eine Stunde Joggen nichts. Sie sollten übrigens nächstens Ihren Männern Turnschuhe mitgeben. Dann können die mitmachen, wenn sie mir hinterherfahren, ist das für beide Parteien etwas lächerlich." Er untermalte den Satz mit einem noch breiteren Lächeln.

„Werde ich mir durch den Kopf gehen lassen. Mal schauen, ob das Budget das noch zulässt."

Der Sicherheitscode bestand aus acht Zahlen – obwohl die Besucherin dezent zur Seite schaute, gaben die akustischen Signale zumindest so viel preis. Das Agentenhirn konnte einfach nicht davon abgehalten werden, solche Details aufzunehmen. Durch ihren Hinterkopf ratterte bereits spielerisch eine Liste möglicher Zahlenkombinationen, doch von Karlsberg kam ihr zuvor.

„Mein Geburtsdatum. Ich sollte mir gelegentlich etwas Besseres einfallen lassen, nicht wahr? Vielleicht haben Sie als FBI-Agentin ja einen guten Vorschlag für mich."

Okeanos war mehr als verwundert. Von Karlsberg teilte ihr den Zugangscode mit und eröffnete ihr damit vollkommen unverblümt jederzeitigen Zugang zu seinem Haus.

Der Hausherr ließ seine Besucherin ein. Okeanos war erneut beeindruckt. Bei künstlicher Beleuchtung wirkte das

Innere der Villa noch viel schöner und wärmer. Einzelne Bereiche waren indirekt beleuchtet und besondere Objekte punktuell hervorgehoben. Durch unterschiedliches Dimmen der einzelnen Leuchten wurden geschickt lichtgestalterische Schwerpunkte geschaffen. Diese Komposition zog sich bis in den Außenraum durch und rückte besonders angeleuchtete Gartenpflanzen ähnlich einer *Trompe-l'Œil* durch die gläserne Wohnzimmertüre optisch in fast greifbare Nähe des Betrachters. Angenehm leise, aber dennoch glasklar erklingende Musik rundete die Atmosphäre perfekt ab.

„Wieso lassen Sie die Musik laufen? Sie haben doch gar keine Pflanzen hier drinnen."

Von Karlsberg blickte seine Besucherin an, als habe sie ihm gerade ein Geschenk gemacht.

„Die Musik begrüßt mich und gibt mir das Gefühl, nicht alleine zu sein."

„Die Vier Jahreszeiten." In ihrem Gedächtnis klang undeutlich eine Verbindung zwischen dieser Musik und von Karlsberg an.

Der Hausherr war jedoch schneller als ihre Synapsen.

„Das war die Musik, die meine Familie vor ihrem Tod in der Bank gehört hat. Die letzte Komposition, die sie ohne Todesangst in sich aufnehmen durfte."

Sofort machte es Klick. Im Zuge ihrer Nachforschungen zu dem Fall hatte sie die Überwachungsvideos der Bank mit genau dieser Hintergrundmusik wiederholt analysiert.

Von Karlsberg führte sie in Richtung Wohnzimmer.

„Ihr Kommentar gerade eben zeigt, dass Sie ebenso wie ich an die Wirkung von Musik selbst auf Pflanzen glauben. Pflanzen haben zwar keine Ohren, aber jede einzelne ihrer Zellen besitzt eine Membran, empfindlicher als das menschliche Hörorgan. Ohne religiös oder esoterisch werden zu wollen: Akzeptieren wir nun den Menschen einmal als höchste Schöpfung, dann können wir den immensen Einfluss von Musik auf uns Menschen zumindest erahnen."

„Na ja, Goethe glaubte, es gäbe etwas, das er *Tonmonade* nannte. Dabei ging er buchstäblich von einer Art Mechanik aus, die sich seiner Ansicht nach auch auf die menschliche Natur auswirkt. Die Wirkung dieser Vorgänge bis in unsere Seele hinein kann ich gut nachvollziehen."

„Dann werden Sie bestimmt verstehen, warum ich diese Musik höre, wenn ich mich meiner Familie nahe fühlen will. Ich wünsche mir manchmal, Vivaldi zu treffen: Wie gerne würde ich ihm dafür danken, dass seine Musik es mir ermöglicht, meine Seele in die gleiche Schwingung zu bringen, in der die Seelen meiner Frau und meiner Tochter vor ihrem Sterben waren. Ich fühle mich dann tatsächlich eins mit ihnen."

Okeanos war sehr berührt von der mit so hoher Sensibilität gepaarten Logik dieses Mannes. Seine Aussage machte er ohne Trauer, nicht entrückt, fast wissenschaftlich und mit vollkommener Akzeptanz eines fast metaphysischen Themas, das vielen Menschen allein als gedanklicher Ansatz eine Vielzahl von Problemen bereitet hätte.

An einer langen Couch angekommen, bot er ihr einen Platz an. Auf dem modernen, aus massivem, unbehandelten Holz gearbeiteten Couchtisch standen Wasser und Wein sowie Käse, Kräcker und eine Schale mit Weintrauben.

„Das zieht sich durch alle Bereiche", fuhr er fort. „Wussten Sie, dass es in der Toskana, bei Montalcino, Experimentierfelder für pflanzliches Hören gibt? Dort untersucht der Biologe Stefano Mancuso von der Universität Florenz, warum Wein, der regelmäßig mit Kompositionen von Mozart, Bach, Vivaldi und Mahler beschallt wird, besser wächst. Ich glaube, das ist bei genau diesem Gottesgetränk der Fall gewesen." Er schnippte gegen den mit tiefroter Flüssigkeit gefüllten Dekanter. [2]

„Entschuldigen Sie, erwarten Sie jemanden?" Okeanos war verunsichert, und es bildeten sich kleine Falten auf ihrer sonst so glatten Stirn.

„Natürlich, ich habe Sie erwartet! So, wie ich Sie eingeschätzt habe, dachte ich mir, dass Sie bei mir vorbeikommen würden, sobald Sie sehen, dass ich nicht Sokrates bin. Ich freue mich, dass ich mit meinem Gefühl da richtig lag."

Obwohl das an sich eine sehr positive Aussage war, war Okeanos unangenehm berührt, da sie sich durchschaut fühlte. Ihre Gedanken waren so stark auf ihn als Mann konzentriert, dass sie sich auf andere Details in dieser Aussage gar nicht richtig konzentrierte.

„Davon sind Sie ausgegangen? Sehr selbstbewusst! Vielleicht machen Sie kurz die Terrassentüre auf, falls es Ihrem Ego hier drin zu eng wird." Die Abkühlung in ihrer Stimme war mehr als deutlich und von Karlsberg ruderte sofort zurück.

„Entschuldigung, so überheblich war es wirklich nicht gemeint. Ich habe einfach gehofft, dass Sie vorbeikommen würden. Ich war mir da keine Sekunde lang sicher. Darf ich Ihnen ein Glas Wein einschenken?"

„In diesem Fall, gerne."

Dem weiblichen Ego war wieder geschmeichelt. Sie lehnte sich gelassen in die bequemen Kissen zurück und beobachtete, wie von Karlsberg die formschönen Weingläser fachmännisch genau bis zur richtigen Grenze füllte. Der Wein hatte eine tiefe, satte, kirschrote Farbe und hinterließ nach dem Schwenken deutliche Tränen, so genannte Kirchenfenster, an der Glasinnenseite. Als Weinliebhaberin kannte sie diesen durch hohen Glyzerin- und Restzuckergehalt hervorgerufenen Hinweis auf einen kraftvollen Wein. Die rauchigwürzigen Geruchsnoten in Kombination mit dem feinen Holzton ließen ihre Nase in Vorfreude auf eine Mischung ihrer Lieblingstraubensorten tippen: Cabernet Sauvignon, Cabernet Franc und Merlot. Sie schloss die Augen, nahm einen ersten Schluck, und bevor sich ihre Augenlieder wieder öffneten, murmelte sie selbstvergessen: „Ich liebe diesen Löwengang."

Obwohl sie den Geschmack des Weines gut kannte, war Messine selbst erstaunt über ihre spontane Äußerung.

„Habe ich recht?", fragte sie aufgeregt.

„Das haben Sie. Beeindruckend."

„Ich liebe Wein, ich war mit meiner Familie früher sehr viel in Italien. An den wunderbaren Abenden dort war der Wein stets unser stummer Begleiter. Seit dem Tod meines Vaters ist das leider nicht mehr so. Ich vermisse diese Stunden langer, intensiver Gespräche."

Von Karlsberg blickt verlegen unter seiner nassen Baseballkappe hervor.

„Zwei Dinge: Erstens sieht es für mich so aus, als ob Sie zumindest nur halb offiziell hier sind. Also würde ich mich freuen, wenn Sie mich ab sofort Michael nennen würden. Und zweitens, ohne unhöflich erscheinen zu wollen", er blickte an seiner nassen Joggingkleidung hinab, „müsste ich mich kurz zurückziehen. Ich sollte definitiv etwas Trockenes anziehen, okay?"

„Oh, Entschuldigung, natürlich, wie unaufmerksam von mir."

Sie hielt ihr Glas in die Höhe. „Michael also. Ich heiße Messine."

Das Zusammenklingen der Kristallgläser besiegelte die Annäherung und von Karlsberg gab sich sofort betont unbekümmert: Um die Wasserflecken auf dem Boden so gering wie möglich zu halten, stellte er sich auf die Fersen seiner tropfnassen Laufschuhe und stakste mit steifen Beinen in Richtung Eingangshalle.

„Meine Tochter hat immer gesagt, es seien Krokodile gewesen, wenn sie patschnass durch die Gegend gewatschelt ist und alles versaut hat, diese kleine Range."

Mit diesem Kommentar verschwand er.

„Fühl dich wie zu Hause! Bin gleich wieder da", hallte es noch aus der Eingangshalle. Dann war die Agentin alleine.

Sie zog ihren Blazer aus, nahm einen großen Schluck von dem köstlichen Wein und ihr Blick fiel auf etwas, das ihr seit ihrem ersten Besuch nicht mehr aus dem Kopf gegangen war: das Ölgemälde neben dem kleinen Treppenabsatz zur Halle.

***

160. KAPITEL

Die sonst so von ihm geliebte Ruhe in der letzten Stunde des Tages war heute eine Folter. Turner hatte Pinky, Tracys rosa Lieblingsschlafhäschen, in der Hand und streichelte das Stofftier anstatt wie sonst üblich den kleinen Lockenkopf seiner Tochter. In ihm pochten die Bilder, wie die Körper seiner Familie in den Leichensäcken brutal auf der Treppe aufschlugen und wie Vieh davongezogen wurden. Zum ersten Mal in seinem Leben stieg echter Hass in ihm auf, so stark, dass er glaubte, ihn tatsächlich schmecken zu können. Wie ein verdorbener Mageninhalt flutete dieser Geschmack immer wieder seinen gesamten Geist und Körper, musste unter großer mentaler Anstrengung wieder zurückgedrängt werden und hinterließ doch einen stetigen bitteren Beigeschmack. Schließlich schien ihm sein gesamter Körper vergiftet und jede einzelne seiner Zellen mit Hass angefüllt zu sein. Der Wunsch, Sokrates zu töten, war nicht mehr eine reine Emotion, sondern inzwischen zum klaren und festen Vorsatz geworden, der den beraubten Vater und Ehemann vollständig erfüllte. Jeder würde das verstehen, da war er sicher.

Seine Rachegelüste legitimierte er in unablässig kreisenden Gedanken durch das schwerwiegende Verbrechen der Entführung, durch die zu erwartenden körperlichen und seelischen Verletzungen der so sehr geliebten vermissten Menschen. Er fand eine Vielzahl von Argumenten zur Untermauerung seines Rechts auf Rache: Sokrates hatte Millionen von Menschen seine Frau halbnackt im Internet begaffen lassen, dabei ihre Brüste berührt und sie öffentlich gedemütigt. Er hatte ein schutzloses Kind in seine perversen Spiele buchstäblich hineingezerrt und sein Leid zu einem entwürdigenden Medienspektakel gemacht. So ein Tier hatte es nicht verdient, zu leben, besaß keinerlei Berechtigung mehr, in einer zivilisierten Gesellschaft zu existieren.

Jetzt konnte er Michael von Karlsbergs Schmerz wirklich verstehen. Er fühlte sich dem Mann tief verbunden. Und er hatte Angst: vor Sokrates, vor den kranken Plänen dieses Wahnsinnigen bezüglich seiner Familie, vor der absoluten Transparenz, mit der Sokrates sämtliche Vorgänge öffentlich ausbreitete und nicht zuletzt vor seinem eigenen Inneren. Heute hatte sich ein Raum in ihm weit geöffnet, der lange verschlossene Erinnerungen barg. Es war nicht Turners Entscheidung gewesen, in diesen vergessenen Bereich seiner Seele einzutreten, stattdessen war er mit einem heftigen Stoß mitten hineinbefördert worden. Der Journalist fühlte sich viel zu schwach, um wieder hinauszulaufen, die Türe wieder zuzuschlagen. Dieser Raum besaß keine schattigen Winkel, in denen man sich verstecken konnte. Er befand sich wieder an jenem verdammten 14. April vor drei Jahren. Doch heute sah dieser Tag ganz anders aus. Troy Turner hatte Angst. Er hatte Angst vor den Konsequenzen seines damaligen Handelns.

***

161. KAPITEL

Privatvilla Michael von Karlsberg
23:51 Uhr

Keine fünf Minuten nach seinem Verschwinden stand von Karlsberg in weißem Hemd und modischer Jeans wieder im Wohnzimmer und setzte sich neben die zunehmend entspannte Frau.

„Das ging aber schnell."

„Wollte nichts verpassen." Wie so oft lächelte er.

Die Agentin in ihr meldete sich zurück und Okeanos setzte sich aufrecht auf die Kante des Sofas.

„Michael, ich bin gekommen, um dich darüber zu informieren, dass du aus meiner Sicht durch die heutigen Geschehnisse vollkommen entlastet bist. Ich wollte mich entschuldigen."

„Da gibt es nichts zu entschuldigen, du hast nur deine Arbeit getan. Ich habe dir das nie übel genommen. Es ist andersherum, ich muss mich entschuldigen: Ich war grob mit dir, das steht mir nicht zu."

„Tja, so reagieren Privatmenschen nun einmal auf das FBI. Ich bin es gewohnt."

„Ich will das jetzt nicht noch einmal aufrollen, aber es ging mir nicht um das FBI. Es ging mir um dich. Ich ... ach lassen wir das Thema."

„Nein, bitte, jetzt musst du es auch zu Ende bringen."

Von Karlsberg nahm einen Schluck Wein und starrte in den Raum.

„Also, das Ganze hat zwei Komponenten. Eigentlich wollte ich dir mit meinen Kommentaren etwas über dich selbst sagen und nicht etwa in Kriminaltheorien ausweichen. Natürlich hast du als FBI-Agentin genau das angenommen. Das ging also nach hinten los. Es ist eben nicht gut, in Rätseln zu sprechen. Deswegen ist es besser, wenn ich ab sofort vollkommen ehrlich bin." Jetzt sah er seiner Besucherin direkt in die Augen. „Als ich dich das erste Mal an meiner Türe gesehen habe, hat es bei mir Klick gemacht. Ich habe so etwas seit dem Tod meiner Frau nicht mehr erlebt."

Messines Puls erhöhte sich spürbar.

„Und dabei geht es nicht nur um dich, deine Schönheit und die Reize, die von dir ausgehen, sondern natürlich auch um mich. Du bist wie ein Tor zurück in ein Leben, mit dem ich bereits abgeschlossen hatte."

Seine Worte berührten Messine so sehr, dass sie sich zusammenreißen musste, um von Karlsberg nicht sofort zu umhalsen und zu küssen. Ihr heftig gehender Atem hob ihr Dekolleté rhythmisch an. Bei jedem anderen Mann hätte sie deutliche Blicke auf ihren festen Brustansatz als Zeichen niederer Triebe verbucht. Bei von Karlsberg hingegen sehnte sie sich danach. Doch der blickte stattdessen konzentriert auf einen imaginären Punkt im leeren Raum, als enthielte dieser Informationen, die es ihm erst ermöglichten, seine Aussagen klar zu formulieren.

„Aber warum hast du mich dann so angegriffen?" Ihre Stimmbänder zitterten unmerklich.

„Es steht mir eigentlich nicht zu, dir das zu sagen, aber ich finde es schrecklich anzusehen, wenn sich ein so außergewöhnliches Geschöpf in einem so brutalen Umfeld wie dem FBI bewegt. Natürlich besitzt du intuitive wie auch angelernte Mechanismen, die dich deine Erlebnisse dort bis zu einem gewissen Punkt verarbeiten lassen, aber ich sehe eine feinfühlige und wunderschöne Frau vor mir – eine Frau, die ihr Innerstes vernachlässigt. Du und das FBI, das passt nicht zusammen. Du kannst nicht gesund in einem solchen Umfeld leben. Das habe ich damit gemeint. Ich denke, deine Arbeit muss dich langsam vergiften."

Er sprach ihr aus der Seele. Genau diese Gedanken geißelten sie seit langem.

„Wie der Tropfen schwarze Tinte im Milchglas", fasste sie zusammen.

Jetzt suchten seine Augen die ihren. „Genau so meine ich es. Messine, es tut mir leid. Ich habe natürlich keine Ahnung, aus welchen Gründen du beim FBI bist und ich kann vollkommen falsch liegen. Das ist keine Kritik. Du bist mir nur ganz plötzlich sehr wichtig geworden. Ich mache mir Sorgen um dich."

Er lehnte sich seitlich gegen die Lehne der Couch und stützte mit dem linken Arm seinen Kopf ab. Dann presste er kurz seine Lippen zusammen. „Das war's!", schloss er seine Ausführung ab und nahm einen Schluck Wein.

„Das war's? Herr von Karlsberg analysiert Messine Okeanos im Schnellverfahren und spricht Dinge aus, die sie selbst nicht genauer auf den Punkt bringen könnte. Dabei gesteht er ihr noch en passant seine Zuneigung und – *das war's!* Ich weiß ja nicht, ob dir so etwas jeden Tag passiert, mir jedenfalls nicht."

„Du denkst also ähnlich? Dann tu etwas dagegen." Er lachte. „Ich meine natürlich deinen Job, nicht meine Zuneigung."

Okeanos seufzte.

„Aber ich bin in einem Dilemma. So viele Dinge spielen dabei eine Rolle. Meine Familiengeschichte, mein Umfeld, mein ganzes Leben ist eigentlich das FBI. Ich kenne gar nichts anderes. Ich wurde da hineingeboren. Das steht alles um mich herum, blockiert, umzingelt, fesselt mich."

„Wenn du so fühlst, ist es wirklich höchste Zeit zu handeln. Unsere Schutzfilter sind dünner als wir glauben und alles, womit wir uns bewusst oder unbewusst umgeben, wirkt auf uns ein."

„Du meinst also, alles steht miteinander in Verbindung und alle Dinge wirken aufeinander ein?"

„Natürlich. Aber beim FBI wird dir nur das Beobachten beigebracht. Und das ist gut so, es hilft dir dabei, Distanz und Objektivität zu den Fällen zu bewahren. Diese Sichtweise vernachlässigt aber immer das Ich – sowohl seine Auswirkungen auf die anderen Faktoren als auch die Wirkung der äußeren Faktoren auf dich –, da du dich selbst aus dem System herausnimmst."

„Wie meinst du das?"

„Nehmen wir an, drei Personen beobachten denselben Vorfall. Person A wird diesen Vorfall mit den Protagonisten B und C erzählen; seine eigenen Handlungen wird er zwar mit einbeziehen, aber es wird in seiner Wahrnehmung eine Grenze geben zwischen ihm und den anderen. Diese Grenze existiert natürlich nicht wirklich. Trotzdem wird auch B eine entsprechende Grenze empfinden, allerdings zwischen sich und den Protagonisten A und C. Damit will ich lediglich die relative Stellung aufzeigen, aus der eine Situation betrachtet wird. Das größere Problem ist aber, dass man zur Ermittlung der Wahrheit, also des objektiven Geschehens, logischerweise alle Faktoren gleichermaßen einbeziehen und diese irrationale Differenzierung aus der eigenen Sicht heraus hinter sich lassen muss. Man muss also die Grenze zwischen sich selbst als erkennendem Subjekt und dem erkannten Objekt transzendieren. Denn tatsächlich existiert diese Grenze ja gar nicht. Jeder ist gleichermaßen Beobachter wie Beobachteter."

„Im Falle von Menschen sehe ich ja ein, dass die Subjekt-Objekt-Spaltung aufgrund der real existierenden gegenseitigen Einflussnahme Probleme verursacht. Aber ein Stein oder ein Film wie von Sokrates, also ein materieller Beweis, wird doch nicht dadurch beeinflusst, dass ich ihn ansehe. Diese Dinge sind Realitäten, die sich von mir nicht beeinflussen lassen."

„Abgesehen davon, dass du mit dieser Sichtweise schon wieder die Wirkung auf dich vernachlässigst, lässt sich bei einem Stein meine Sichtweise tatsächlich schwer begründen.

Aber weißt du wirklich so genau, dass nicht ein Blick, ähnlich wie etwa das Meerwasser, an der Form des Steins feilen und diese über Jahrtausende, also für uns in unserem kurzen Leben nicht wahrnehmbar, verändern kann?"

Okeanos blickte ihn skeptisch an. „Na ja, dem würde ich nun nicht wirklich folgen."

„Aber das ist hier auch nicht das Thema. Ich will auf eine viel subtilere Ebene hinaus. Vergleichen wir den Film einmal mit einem Blatt Papier. Jedes Kind, das knobelt, weiß, dass die Schere das Papier zerschneidet und nicht andersherum. Aber ist es die Schere, die den Menschen oder der Mensch, der die Schere führt? Oder hat uns das Blatt dazu gebracht, es zu zerteilen? Und hast du deswegen die Schere gesucht oder hast du die Schere gefunden und wolltest dann etwas damit zerteilen und hast das Blatt gesucht oder hat dich dein Wunsch nach Teilung beides suchen oder sogar herstellen lassen? Ich unterstelle damit, dass tatsächlich alles schon in unserem Bewusstsein existiert. Es gibt sicherlich nichts, was aus dem Nichts heraus entsteht. Auch keine Handlungen, Ängste oder Reaktionen von Menschen."

„Also entsteht alles aus dem Zusammenspiel bereits existierender Einheiten. Und irgendetwas wird den Impuls zu einer Reaktion geben."

„Genau. Diese Kausalkette könnten wir bis in alle Ewigkeit für alles und jeden zurückverfolgen. Und dann muss ich doch zwingend annehmen, dass die Qualität dieser Faktoren, also all das, was wir in uns aufnehmen, auch die Qualität unseres Innenlebens definiert. Und genau hier setzt meine Kritik an dem an, was du tust. Die Brutalität, die dich im FBI umgibt, muss sich auf dich auswirken und deine Psyche, dein Handeln und Denken negativ beeinflussen. Je sensibler du bist, um so gefährlicher ist dieser Einfluss für dich."

Okeanos rollte frech mit ihren Augen.

„Ich bin mir nicht sicher, ob es deine Ausführungen sind oder der Wein, der mich gerade schwindlig macht. Hört sich ein bisschen so an, als würdest du den Begriff der Kausalität mit sämtlichen Naturwissenschaften zu einem Cocktail mixen. Zwei Löffelchen Kant, einen Schuss Materialismus mit einer schönen Prise Demokrit, bisschen Max Planck, Dualismus für die vordergründigen Nuancen, gerührt, nicht geschüttelt, kalt serviert. Wir könnten es den *Quantenmechanik-der-Psychologie-Cocktail* nennen. Leider hat die Mischung bei mir im Moment noch einen leicht bitteren Beigeschmack. Da bleibe ich lieber beim Wein." Danach wurde sie sofort wieder ernst. „Aber ich stimme dir grundsätzlich zu: In meiner Welt verwischen manchmal die Grenzen zwischen Realität und Fiktion und all die schrecklichen Eindrücke drängen dann recycelt in neuen Formen in mein Bewusstsein hinein. Dabei komme ich mir oft vor wie eine Schauspielerin in einem schlechten Film. Ich werde darüber ernsthaft nachdenken."

Das durchgeistigte Gespräch hatte dafür gesorgt, dass sich ihr körperliches Verlangen wieder abgekühlt hatte. Mittlerweile war es bereits kurz vor zwölf und der Löwengang füllte nicht mehr die Glaskaraffe, sondern die Blutbahnen der beiden Gesprächspartner. Messine stand auf und zeigte zur Wand.

„Michael, darf ich dich etwas fragen? Ist dieses Bild echt?"

***

162. KAPITEL

Appartement Alice Liddell
23:59 Uhr

Alice stützte sich mit beiden Armen an der Duschwand ab und ließ den kalten Wasserstrahl über ihren herabhängenden Kopf fließen. Sie verfolgte den Lauf der Flüssigkeit über ihren Körper bis auf die matten Natursteinplatten, wo das Wasser einen glänzenden Fluss bildete und schließlich unter der Chromleiste im Abfluss verschwand.

Wie unser gesamtes Leben, wir laufen an einer zufälligen Oberfläche entlang, nehmen all den Dreck mit und verschwinden im Nichts.

Sie war müde. Die ersten Episoden hatten ihr noch Befriedigung und Energie geschenkt. Vor wenigen Minuten hatte sie nun ihr iPad durch das Klicken des Smartcases in den Stand-by-Modus geschickt und damit auch das wiederholte Betrachten von Episode IV beendet. Zum ersten Mal befielen Alice Liddell Zweifel daran, ob Sokrates tatsächlich alles richtig machte. Robin Hood hatte sich ein Diebesgewand übergezogen, unter dem Verlangen nach Gerechtigkeit leuchteten plötzlich Rachegelüste hervor. Es waren die Frau und das Kind, die für sie nicht ins Bild passten. Ihr Hass richtete sich nach wie vor auf Dinge, die sie als maskulin kategorisierte. Auf das Patriarchat, Tyrannen, Diktatoren, Vergewaltiger, Päderasten, Frauenschänder, auf alles, was mit männlicher Unterdrückung und Machtausübung gegen Schwächere zu tun hatte. Nun war diese Grenze überschritten worden. Sokrates, der schließlich die Schuldigen zur Rechenschaft zog, übte nun genau die ihr so verhasste Macht gegen eine Frau und ein Kind aus, gegen Unschuldige,

Schwache. Das Kind war genauso hilflos wie sie selbst es damals als Princess Chantal gewesen war. Sie stellte sich vor, wie in Troy Turner der Wunsch nach Vergeltung heranwuchs, im selben Maße, in dem dieses Verlangen bei ihr selbst plötzlich abnahm. Als fließe die negative Energie von ihrem Körper in den nächsten über. Wenn ihre Theorie richtig war, dann musste man diese Gefühle wieder neutralisieren, bevor sie noch weitere Menschen vergiften würden. Ansonsten würden sie im nächsten Glied einer endlosen Kette immer weiterleben.

***

163. KAPITEL

„Ja, das Gemälde ist eine Leihgabe. Ich habe dem Louvre im Tausch dafür temporär mehrere andere Werke gegeben. 2010 benötigte das Museum auch private Spenden für den Kauf des Bildes *Die drei Grazien* von Lucas Cranach dem Älteren. Ich habe mich damals an der Aktion beteiligt und unterstütze seitdem die Sammlung. Dadurch habe ich sehr gute Kontakte zur Museumsleitung aufbauen können, die mir nun bei dem Tausch nützlich waren. Es ist wundervoll, nicht wahr?"

„Es ist mein Lieblingsbild, es hat mich bereits beim ersten Anblick in Paris in seinen Bann gezogen. *The Young Martyr* von Paul Delaroche. Und jetzt habe ich es im Original so nahe vor mir."

Von Karlsberg nahm Messine bei der Hand und führte sie zu dem Gemälde hinüber, das eine junge Frau zeigte, die, in einem Gewässer treibend, offenbar gerade zuvor eines unnatürlichen Todes gestorben war.

„Tatsächlich berühre ich es oft. Lasse meine Hände sanft über die Striche gleiten."

„Was empfindest du dabei?

„Es nimmt mir den Schrecken des Todes in der Weise, dass ich dann meine Frau und meine Tochter genauso friedlich und unantastbar vor mir sehe wie das Mädchen auf dem Bild. Siehst du, sie ist gewaltsam gestorben, ihre Hände sind gefesselt, und man hat das Gefühl, nur einen Moment zu spät gekommen zu sein, um sie retten zu können. Das ist genau wie bei Anis und Lisa." Zum ersten Mal seit dem schrecklichen Tag nannte er seine ermordete Familie beim Namen. „Und trotzdem erhebt sich die Getötete auf dem Bild über ihr Schicksal, wie ihr friedvoller Ausdruck zeigt. Das nimmt meinen Erinnerungen etwas von dem Grauen des 14. Aprils und gibt mir die Hoffnung, dass mir die beiden verziehen haben. Und schließlich gelingt es mir, meine Gedanken ohne Angst mit ihnen zu verbinden."

„Das Bild vermittelt mir sehr ähnliche Gefühle. Und es mildert auch meine Angst vor dem Tod."

Die beiden standen nun nahe beieinander und Messine fühlte sich mehr denn je angezogen von diesem Mann. Gleichzeitig spürte sie die Anwesenheit der Toten fast körperlich. Im Hintergrund lief das Präludium vom Liebestod aus Wagners *Tristan und Isolde,* sie verstand das als Aufforderung, aus Respekt den Verstorbenen gegenüber ihre Gefühlen für Michael von Karlsberg zurückzudrängen.

Anscheinend fühlte der Hausherr ähnlich. Er klatschte in die Hände. „Genug des Tiefsinns. Und lass uns diese Suizidmusik ausmachen. Da fallen ja die Fliegen tot von der Wand. Bist du noch fit?"

Mit einem Schlag waren die Geister vertrieben.

„Immer, wieso?"

„Na, dieser Wein ist alle. Aber ich hätte dir noch etwas anderes anzubieten."

„Bin dabei."

Er blicke ihr tief in die Augen und jetzt musste offenbar auch er seinen Gefühlen ausweichen. „Ich möchte nicht unhöflich wirken, sehr gerne möchte ich noch mehr Zeit mit dir verbringen. Aber gibst du mir eine Viertelstunde? Ich habe nach dem Joggen nicht geduscht und fühle mich etwas ... klebrig."

„Verstehe ich bestens. Ich habe heute auch schon im Abwasserkanal gelegen und bin noch nicht zum Duschen gekommen."

Von Karlsberg lachte auf.

„Ach, deswegen. Und ich dachte schon, du riechst immer so."

„Wie bitte?" Okeanos' hübsches Gesicht umwölkte sich kurz.

„Ich mach nur Witze. Also, das ist ganz einfach. Dieses Haus hat mehr Badezimmer, als ich zählen kann. Ich zeige dir ein Gästezimmer, das du benutzen kannst. Wir beide machen uns kurz frisch und treffen uns wieder hier. Und dann machen wir einen *meditativen* Wein auf und führen unser Gespräch fort."

Messine tat, als müsse sie darüber nachdenken, doch die Entscheidung war bereits gefallen.

***

164. KAPITEL

Privathaus Deputy Director MacCluskey
23:59 Uhr

MacCluskey wollte gerade das Licht auf dem Nachtkästchen ausschalten, als sein Handy klingelte. Um diese Zeit war er beruflich nur in äußersten Notfällen zu erreichen. Er hatte es sich zur strikten Gewohnheit gemacht, Punkt Mitternacht den Tag zu beenden. Seine Frau blickte mit gesenktem Kopf durch ihre Lesebrille.

„So spät noch?"

Rose erkannte sofort den Namen auf dem Display: Theodora. Die Freundschaft zwischen dieser Frau und ihrem Mann hatte sie zwar nach langen und sehr emotionalen Diskussionen akzeptiert, ihre Eifersucht jedoch war niemals völlig erloschen.

„Ich hoffe, es gibt keinen Notfall bei ihr zu Hause und *du* musst dringend da hin und helfen", kommentierte sie schnippisch.

MacCluskey ignorierte den Kommentar und eröffnete das Gespräch mit ruhiger Stimme.

„Theodora, ist etwas passiert?"

Rose konnte zwar die Verzweiflung in der Stimme der Anruferin hören, verdrehte aber trotzdem die Augen und stempelte die andere mimisch als hysterische Person ab.

„Ich verstehe, beruhige dich. Es gab ein Problem mit den Handys und sie wurden ausgeschaltet. ... Auch das Privathandy? Verstehe. Vielleicht schläft sie schon. ... Du hast schon zehnmal bei ihr zu Hause angerufen?" MacCluskey klang auf einmal sehr besorgt. „Mach dir keine Sorgen. Ich werde im Büro anrufen und die Kollegen fragen. Es passiert oft, dass in einer Besprechung alle Kommunikationsmittel ausgeschaltet werden. Ich bin sicher, dass das die Erklärung ist. Gib mir fünfzehn Minuten, ich melde mich bei dir."

Als Rose verstand, dass es um die Tochter ging, schämte sie sich ihrer Eifersucht.

„Was ist los?"

„Messine reagiert seit mehreren Stunden nicht auf Theodoras Anrufe. Theodora macht sich wegen dieses Sokrates' große Sorgen um ihre Tochter. Entschuldige, ich muss im Büro anrufen."

***

165. KAPITEL

Das an das Schlafzimmer angrenzende En-Suite-Bad des zwei Räume umfassenden Gästebereiches konnte mit so manchem 5-Sterne-Hotel konkurrieren. Es offerierte dem Besucher eine Vielzahl von Luxusartikeln, von Badeslippern und einem unglaublich weichen Bademantel über Bodylotions, Seifen und Badezusätzen bis hin zu zwei unterschiedlichen Nassrasierern: einem für die Frau und einem für den Mann. Okeanos fühlte sich wie im Paradies.

Sie stellte ihre schlanken Beine nacheinander auf die bequeme Marmorstufe in der Walk-in-Dusche und zog den Rasierer sanft über ihre glänzende Haut, als ihr bewusst wurde, dass auch Michael in diesem Moment nackt unter einer Dusche stand. Der Gedanke erregte sie, und während sie den Rasierer weiter nach oben zog, um auch die Haut ihres Venushügels zu glätten, war sie kurz versucht, mit den Fingern ihre erogene Zone rhythmisch zu streicheln und das aufsteigende körperliche Verlangen selbst zu befriedigen. Doch da sie darauf hoffte, diese erotischen Gefühle mit Michael zu teilen, ließ sie nun von sich ab, was ihren Körper noch empfindsamer zurückließ. Selbst das Abtrocknen mit dem sanft schmeichelnden Badetuch und das nachfolgende Einreiben mit duftendem Body-Oil verstärkten noch ihre Lust. Ihre Brüste härteten sich und wurden von einem zarten, sanften Schimmer überzogen. Diesmal verlief der Dialog mit ihrem Körper sehr viel anders als noch vor einer Stunde im FBI-Gebäude. Sie drehte sich in alle Richtungen, ergriff ihre makellosen Brüste, musterte ihren runden, festen Po und freute sich über ihre langen Beine.

Selbst schuld, wenn er das ausschlägt.

Es war ein Vorgang, der sich seit Menschengedenken in immer neuen Spielarten wiederholte: Eine Frau wappnete sich für ihre Eroberung. Sie öffnete ihre Handtasche und nahm behutsam weitere hochwirksame Waffen heraus. Splitternackt positionierte sie sich vor dem Spiegel und zog schwarze Stockings über ihre Seidenhaut. Der sittliche Slip wich einem verführerischen Hüftstring. Zufrieden rückte sie ihren Push-up zurecht, hakte ihn jedoch gleich wieder auf und ließ ihn in ihre Handtasche zurückgleiten. *Den brauche ich nicht, und wenn er mich auszieht, will ich keinen BH-Abdruck haben*, nahm sie mit einem selbstbewussten Lächeln die erhoffte Situation vorweg. Sie zog sich fertig an und trug dezenten Lidschatten, Wimpertusche und Lippenstift auf. Damit war ihr Körper für die erträumte Eroberung vorbereitet.

Als sie die Treppe hinabstieg, ging ihr durch den Kopf, wie unglaublich schnell zwischen ihr und von Karlsberg eine vertraute Situation entstanden war. Es war diese Vertrautheit, die dazu geführt hatte, dass sie sich als begehrenswerte Frau fühlte und gleichzeitig so selbstverständlich verhalten konnte, als seien sie bereits seit Ewigkeiten zusammen. Okeanos war glücklich.

***

Punkt 0:19 betrat sie mit gekonntem Augenaufschlag das Wohnzimmer, was den vor ihr angekommenen Hausherrn unwillkürlich innehalten ließ. Auch von Karlsberg hatte sich hergerichtet und trug nun ein weiches Hemd, das seinen muskulösen Oberkörper umspielte. Dazu trug er eine eng geschnittene dunkle Hose, durch die sich seine trainierten Beine deutlich abzeichneten.

„Du siehst umwerfend aus", hauchte er.

Wie schon so oft zuvor zog Okeanos auch jetzt eine Haarsträhne an ihren Platz und lächelte dabei verführerisch. Bei jedem ihrer Schritte wippten leicht ihre Brüste und ließen den Seidenstoff der Bluse sanft ihre erhärteten Brustwarzen umschmeicheln.

Von Karlsberg ergriff die leeren Weingläser und ging in Richtung Küche. Beim Hinausgehen ließ er keinen Moment vom Blick in ihren strahlenden, stahlblauen Augen ab.

„Keine Angst, ich laufe dir nicht davon, ich bin sofort zurück."

Während der kurzen Wartezeit bemerkte sie die geöffnete Schiebetüre zur Bibliothek. Ihre angeborene Neugierde trieb sie, einen kurzen Blick in das dezent beleuchtete Zimmer zu werfen.

„Michael?"

„Ja?" Die Stimme klang dumpf, was auf eine gewisse Entfernung hindeutete.

„Darf ich mir die Bibliothek ansehen?"

„Fühl dich wie zu Hause, es steht dir alles offen."

Sie liebte die Situation. Ihre Neugierde ohne das ungute Gefühl der Heimlichkeit befriedigen zu dürfen, war von jeher ein tiefes Bedürfnis für sie gewesen. Manchmal träumte sie davon, einmal eine riesige, alte, verlassene Villa zu erben und diese Raum für Raum durchstöbern zu können. Am liebsten eine, die mondän über dem Meer thronte, von der Art, wie sie sie als Kind bei einem Besuch an der ligurischen Küste kurz vor Portofino bestaunt hatte. Das war eine dunkelrote Villa gewesen, vollgestopft mit von weißen Leinentüchern überzogenen Möbeln und riesigen Bildern an den Wänden, die melancholisch Geschichten von den vergangenen glänzenden Jahren erzählten, während im Garagenhaus diverse Luxuskarossen von diesen Jahrzehnten zeugten.

Als hätte sich dieser Traum gerade erfüllt, wandelte Okeanos nun andächtig durch die mit hellgrauen, deckenhohen Holzregalen verkleidete Bibliothek, die in ihrem Zentrum eine moderne Sitzgruppe und, ähnlich wie das Wohnzimmer, vier aus massiven Holzblöcken gearbeitete, quadratische Couchtische beherbergte. Ihr neugieriger Blick streifte über die abgegriffenen Buchrücken, deren Titel in ihr die unterschiedlichsten Assoziationen hervorriefen. Wie in einer guten Bücherei waren auch hier die Werke in Kategorien geordnet. Instinktiv lenkten sie ihre Schritte zuerst zu den Freunden der Weisheit und ihr Zeigefinger unternahm eine exakt chronologisch geordnete Zeitreise durch die Zeugnisse der großen Denker. Die Vorsokratiker, Kyniker und Skeptiker, frühe chinesische Philosophie mit Konfuzius und Daoismus, indische Vertreter des Buddhismus und Upanishaden. Unter den mittelalterlichen Denkern fiel ihr besonders Gregor von Nyssa ins Auge, der Kirchenvater der orthodoxen Kirche. Auch die Renaissance und die französischen Aufklärer aller Couleurs bis hin zu den Denkern des Zwanzigsten Jahrhunderts fehlten nicht. Bei fast all diesen Büchern lugte zwischen den Blättern oben eine Unzahl von Merkzetteln hervor und verriet, dass die Werke konzentriert studiert worden waren. Okeanos war beeindruckt.

Das nächste Regal enthielt fachübergreifende Werke der *integralen Theorien* von sehr unterschiedlichen Autoren und schloss die geistigen Disziplinen mit Vertretern der Psychologie und der Verhaltenswissenschaften ab. Einen Schritt weiter lösten Bildbände über ferne Länder, Luxushotels und Spas die anspruchsvolle Literatur ab und gaben dem Geist Raum für ästhetische und körperliche Freuden. Anschließend tummelte sich eine Unmenge mehr und auch weniger anspruchsvoller Literatur der letzten Jahrhunderte. Selbst *Harry Potter* fehlte hier nicht.

Okeanos musste lachen, der Anblick des Buches erinnerte sie an von Karlsberg Aussage über den *Tarnumhang aus Demiguiseaffenhaaren*. Plötzlich zog jedoch etwas anderes ihre Aufmerksamkeit auf sich. Eines der Regale schloss nicht genau mit dem Rest der Holzkonstruktion ab, sondern sein linker Rand war, wie eine ganz leicht geöffnete Türe, um wenige Millimeter nach hinten versetzt. Die geringe Unregelmäßigkeit reichte, um von dem geschulten Auge der Agentin wahrgenommen zu werden. Sie ging zur Stelle hinüber und drückte gegen die Bücherwand. Problemlos glitt die perfekte Schreinerarbeit zurück und öffnete den Zugang zu einem versteckten Büroraum. Schlagartig übernahmen ihre FBI-geschulten Hirnregionen die Kontrolle. Special Agent Okeanos betrat vorsichtig das fensterlose, verdächtig geheim anmutende Zimmer.

***

166. KAPITEL

Theodora nahm beim ersten Klingelton ab.

„Entschuldige, dass ich so lange gebraucht habe. Das ganze Team hatte sich bereits abgemeldet. Trotzdem habe ich erfahren, dass Messine noch eine Befragung bei Michael von Karlsberg durchführt. Dort ist sie vor knapp einer Dreiviertelstunde angekommen."

„So spät noch?" Ihre Stimme klang den Umständen entsprechend beunruhigt.

„Dieser Fall kennt keine Arbeitszeiten. Du weißt ja, dass deine Tochter sehr pflichtbewusst ist."

„Aber ist das nicht gefährlich, so ganz alleine?"

„Sie ist ja nicht alleine. Wir haben sehr fähige Männer vor Ort. Und Messine kann mit solchen Situationen umgehen. Das ist Routine für sie."

„Und warum kann ich sie dann nicht erreichen?"

„Du weißt doch, dass sie ihr Privathandy fast nie benutzt. Und die FBI-Nummern werden gerade von dem Datenstau gereinigt, den dieser Sokrates heute verursacht hat."

„Ich weiß nicht. Ich mache mir wirklich große Sorgen. Was heute in der Kathedrale vorgefallen ist, das ist wirklich zu viel für mich. Ich muss mit meiner Tochter darüber sprechen."

„Ich habe davon gehört. Bitte, Theodora, wir wissen jetzt, wo sie ist und was sie gerade tut. Leg dich schlafen und mach dir keine Sorgen."

„Na gut, aber lass ihr bitte über die Zentrale eine Nachricht zukommen, dass sie mich morgen früh sofort anrufen soll."

Der Deputy Director legte nachdenklich auf. In den vielen Jahren seiner Tätigkeit hatte er gelernt, andere Menschen zu beruhigen und seine eigene Emotionslage dabei außen vor zu lassen. Doch er war keineswegs so entspannt, wie er ihr vermittelt hatte. Sein Instinkt und seine Erfahrung sagten ihm, dass hier etwas nicht den Regeln entsprach. Deswegen hatte er bereits vor dem Telefonat mit Theodora die Handynummern des Überwachungsteams angefordert und wartete jetzt auf den Rückruf der Zentrale.

***

167. KAPITEL

Privatvilla Michael von Karlsberg
0:23 Uhr

Vor ihr standen eine High-Tech-Computeranlage mit mehreren synchron geschalteten Transparentbildschirmen, ein Lederbürostuhl, ein Glasschreibtisch und auf diesem zwei elektronische Brillen desselben Typs, wie sie das FBI seit zwei Tagen in ihren Bann gezogen hatten. Okeanos spürte ihren Puls beschleunigen, sie war sofort in Alarmbereitschaft. Instinktiv tastete sie in ihrer Handtasche nach der Beretta, während sie zu dem Schreibtisch hinüberging. Eine der beiden Brillen war angeschaltet. In diesem Moment wurde ihr bewusst, dass sie das Gerät noch nie selbst verwendet hatte. Vorsichtig setzte sie es auf und tippte blind auf mehrere Knöpfe, die sich an den Außenseiten des Geräts befanden. Für einen Moment aktivierte sie zufällig die WIFI-Verbindung. Das entsprechende Signal der Cyberbrille schallte wie Kirchenglocken in ihren Ohren. Ihre Hände fingen an zu schwitzen. Nach mehreren Versuchen gelang es ihr schließlich, den Play-Button zu aktivieren. Und was ihre Augen jetzt sahen, ließ der abgebrühten Agentin das Adrenalin in die Adern schießen.

***

168. KAPITEL

Zu Hause angelangt, fiel Baker sofort erschöpft in seinen Stuhl. Aber ebenso wie die vielen anderen Zuschauer ließen auch ihn die brutalen Bilder der Internetübertragung nicht zur Ruhe kommen. Sokrates inszenierte seine Episoden geschickt wie ein guter Regisseur. Der Ablauf war punktgenau und präzise geplant. Immer wieder ließ er dem Betrachter Raum für Erholung, bis die unmenschliche Handlung in einer höheren, noch kraftvolleren Intensität wieder einsetzte. Wie in einer TV-Serie baute er in den Momenten Pausen ein, in denen es am spannendsten wurde, und verschaffte damit der Fantasie der Zuschauer die Gelegenheit, dieses Informationsvakuum mit den jeweiligen eigenen Ängsten oder Vorlieben zu füllen. Bei Baker drehten sich diese Gedanken um ein virtuelles Schlachtfeld in einer Welt, die er besser kannte als die meisten anderen. Ihm selbst, Sunny und ihrem Team war mit aller Wucht der Federhandschuh ins Gesicht geschlagen worden. Und der Feind war stark und schlau, ihnen immer einen Schritt voraus. Das schlug nicht nur dem Computerfreak unsäglich aufs Gemüt, sondern auch seiner Freundin Sunny, die ihm gerade über Videochat ein Update zur Situation gab.

„Und sonst gab es nichts?"

„Nein, ich hatte wirklich gehofft, bei Verizon weitere Brillen orten zu können. Jetzt hacken wir uns gerade bei anderen Providern ein. Wird etwas dauern, aber bis morgen früh haben wir das geschafft."

Sunny hatte ihren aggressiven Slang abgelegt.

„Hey, du hilfst mir wirklich sehr."

„Die Sache packt uns hier ja selbst. Es ist schrecklich, was da passiert. Ich meine, das ist unsere Spielwiese. Wir tun ja nichts wirklich Böses. Und jetzt kommt so ein Wahnsinniger und überzieht das Internet mit Blut und Gewalt. Das ist eine Kriegserklärung. Und es bringt mich wirklich zum Nachdenken darüber, dass wir uns so naiv in einem Medium bewegen, das zu so schlimmen Dingen genutzt werden kann."

„Geht mir genauso."

In diesem Moment zog ein kurzes Blinken auf dem Bildschirm Bakers Konzentration auf sich. Der Lichtpunkt verschwand jedoch sofort wieder.

„Hast du das gesehen?"

„Was?"

„Ich hab mich auf dem FBI-Server eingeloggt und sehe das Verizon-Netzwerk. Es hat für einen kleinen Moment so ausgesehen, als sei ein neues Gerät geortet worden."

„Wo?"

„Ist schon wieder weg. Irgendwo in der Nähe des Naval Observatory."

„Bist du sicher?"

„Nein. Aber abgesehen davon, dass das der Fundort von Frau Huang ist, wohnt auch Michael von Karlsberg da in der Gegend."

„Was willst du jetzt machen?"

„Keine Ahnung. Und meine Vorgesetzte will ich um diese Uhrzeit nicht mehr anrufen, um nach ihrer Meinung zu fragen. Vielleicht habe ich mich ja geirrt. Ich bin auch ziemlich fertig. Eventuell spielt mir meine Optik schon Streiche."

„Du magst sie, oder?"

„Sie ist sehr intelligent ... und echt hübsch."

„Na gut, dann geh mal pennen. Wir checken die anderen Sachen, Firmen und so. Ich muss jetzt aufhören." Sunnys Ton war spürbar kühler geworden.

„Okay Süße, vielen Dank noch mal. Kuss."

Das „Bye" vom anderen Ende der VoIP-Verbindung klang noch einen Ton kälter.

***

169. KAPITEL

Die fast surrealen Bilder waren für Okeanos gleichermaßen abstoßend wie anziehend, ja sogar erregend. Auf einer mit rotem Latex gepolsterten Plattform lag eine nur mit einer Maske bekleidete, außergewöhnlich gut gebaute junge Frau, während eine zweite in verführerischer schwarzer Wäsche mit gespreizten Beinen vor dem Aufbau stand, sich nach vorne beugte und zärtlich ihre Zunge auf den großen Brüsten der Partnerin spielen ließ. Die zwei Nymphen liebten sich mit drei ebenso perfekt gebauten Männern. Zwei der Männer verführten die ekstatisch stöhnenden Frauen auf der Plattform, während der dritte Liebespartner von hinten in die stehende Frau eindrang und mit sanften Stößen ihren Unterleib gegen die Polsterung drückte. Doch die aktiven Personen waren nicht alleine in dem Raum. Um sie herum standen weitere, teils stilvoll bekleidete, teils fast nackte Menschen und beobachteten das Liebesspiel. Okeanos assoziierte sofort eine pikante Szene aus Stanley Kubricks letztem Werk *Eyes Wide Shut*: eine obskure Zeremonie in Schloss Somerton, in deren Verlauf eine sexuelle Orgie stattfand, bei der alle Teilnehmer venezianische Masken trugen. Bis auf ein wesentliches Detail sah die jetzige Videoübertragung Kubricks Inszenierung außerordentlich ähnlich: Hier trugen die Protagonisten nicht die für die Lagunenstadt so typischen Gesichtsbedeckungen, sondern, ebenso wie die FBI-Agentin in diesem Moment, Cyberbrillen des japanischen Herstellers. Sie war selbst zu einem Mitglied der Gruppe von Voyeuren geworden.

Okeanos konnte sechs verschiedene Einstellungen auf ihrem Bildschirm erkennen: Die Sicht der sich liebenden Akteure teilte sich mit fünf überaus detaillierten Bildern der ineinander verschmolzenen Körper den linken Bildschirm. Eine weitere, räumlich distanziertere Vision des Cyberbrillenträgers, der diese Aufzeichnungen irgendwann gemacht haben musste, füllte den gesamten rechten Bildschirm und vermittelte so den Eindruck, es sei ihr eigener Blickwinkel, sie selbst beobachte live mit eigenen Augen die Szene. Plötzlich wendete einer der Männer sich von dem ekstatisch zuckenden Körper seiner Partnerin ab und richtete seinen Blick direkt auf den anonymen Beobachter.

Die Agentin erschrak, sie fühlte sich entdeckt. Ihre Hände krallten sich in die Armlehnen ihres Sessels. In diesem Moment trafen sich die Kameralinsen der beiden Personen und hoben die Anonymität der Situation auf. Okeanos sog unwillkürlich scharf die Luft ein. Sie erkannte den vierten Mann trotz der Cyberbrille, die einen Großteil seines Gesichts verdeckte. Der nicht am Liebesspiel teilnehmende Zuschauer war Michael von Karlsberg.

***

170. KAPITEL

Thompson Circle, FBI-Überwachungsteam
0:25 Uhr

„Selbstverständlich, Sir. Wird erledigt, Sir. Ich werde mich sofort darum kümmern und Sie umgehend zurückrufen, Sir."

Agent Cheng legte auf.

„Wer war das denn?"

„Deputy Director MacCluskey. Er kann Special Agent Okeanos nicht erreichen und will, dass wir nachsehen, was in dem Haus vor sich geht."

„Ist etwas passiert?"

„Keine Ahnung. Was will der bloß von ihr um diese Uhrzeit?"

„Geht uns nichts an. Du oder ich?"

„Ich geh schon. Falls es wieder zu regnen anfängt, bist du dran."

„Träum weiter."

***

171. KAPITEL

Privatvilla Michael von Karlsberg
0:26 Uhr

Plötzlich hörte Okeanos Schritte hinter sich, doch es war zu spät, um ungesehen wieder in die Bibliothek zu gelangen. Hastig zerrte sie sich die Brille vom Kopf, zog die handliche Halbautomatik und richtete die Waffe blitzschnell in Richtung der Geräusche. Im Türrahmen stand Michael von Karlsberg mit gefüllten Weingläsern in den Händen.

„Heute bist du aber schnell mit der Waffe, den Jungen auf dem Parkplatz hast du auch gleich bedroht."

„Bleib, wo du bist!" Die Agentin suchte mit einer Hand ihre Tasche nach dem Handy ab, während sie ihren vermeintlichen Gegner keine Sekunde lang aus den Augen ließ. Zu ihrem Entsetzen fiel ihr ein, dass ihr Telefon im Blazer steckte, der unerreichbar für sie auf dem Sofa lag. Der Raum hatte keine Fenster, nach Verstärkung zu schreien, hatte also keinen Sinn. Sie war vollkommen auf sich allein gestellt.

„Woher weißt du das, du bist doch gelaufen?"

Von Karlsberg blieb völlig cool und ging langsam auf seine mit der Schusswaffe drohende Besucherin zu.

„Richtig, ich bin um 22:30 Uhr aus dem Haus gegangen. Du hast den Jungen aber bereits um 22:25 Uhr getroffen. Mir wurden die Bilder zu anstrengend, da bin ich joggen gegangen."

„Dann hast du Episode IV also nicht angesehen?" Die Agentin versuchte einen Widerspruch in von Karlsbergs Aussagen zu finden, etwas, das ihn entlarven würde. Er hatte ihr ein wichtiges Detail verschwiegen: Er kannte die Brillen, besaß selbst welche davon. All ihre Verdächtigungen standen schlagartig wieder im Vordergrund.

„Nein."

Ihr schossen plötzlich von Karlsbergs Worte durch den Kopf: *Wie konnte ich das vorher überhört haben: So, wie ich Sie eingeschätzt habe, dachte ich mir, dass Sie bei mir vorbeikommen würden, sobald Sie sehen, dass ich nicht Sokrates bin.*

„Woher wusstest du dann, dass ich dich nicht mehr für Sokrates halte, wenn du die Entführung nicht gesehen hast?"

„Mein Gott, Messine, so viel Skepsis, so viele Verdächtigungen! Du bist ja direkt besessen davon. Dein Team hat mir das gesagt. Ich habe mit ihnen gesprochen. Sie haben mir von der Entführung erzählt und der Asiate hat dabei sogar ausdrücklich erwähnt, dass ich damit aus dem Kreis der Verdächtigen falle."

Okeanos war schrecklich verwirrt. Sie wollte ihm so gerne Glauben schenken – aber diese Erotikszene und die Brillen?

„Und was ist das hier?" Sie zeigte auf die Internetbrillen.

„Bitte, leg die Waffe ab. Ich wollte dir das sowieso erklären. Es ist sehr wichtig für mich, dass du über diesen Teil meiner Persönlichkeit auch Bescheid weißt. Ich habe noch nie mit jemandem darüber gesprochen."

Die Frau in ihr gewann die Oberhand. Zitternd nahm sie die Beretta nach unten und blickte von Karlsberg fragend an.

***

172. KAPITEL

Agent Cheng hatte mehrfach vergeblich versucht, durch Klopfen an der Türe auf sich aufmerksam zu machen. Schließlich entschloss er sich dazu, möglichst unbemerkt durch die Fenster in die Villa hineinzublicken. Das Betreten des Grundstücks ohne Durchsuchungsbefehl war streng genommen Hausfriedensbruch. Deswegen schlich der Beamte in der künstlichen Dämmerung zwischen der äußeren Dunkelheit und dem nach außen fallenden Lichtschein der Zimmerbeleuchtung von Fenster zu Fenster. Eingangshalle, Küche und Esszimmer waren leer, doch er konnte den auf der Couch liegenden Blazer seiner Vorgesetzten erkennen und nahm dies als eindeutiges Zeichen ihrer Anwesenheit.

Er musste die hell beleuchtete Terrasse überqueren, um die Fenster zur Bibliothek zu erreichen. Auch dieser Raum war leer. Irgendetwas ging hier vor sich. Davon war der FBI-Agent jetzt überzeugt. Er zog gerade sein Handy, um den Kollegen im Auto anzurufen, als er durch einen kleinen Spalt zwischen den Regalen das versteckte Büro entdeckte.

***

173. KAPITEL

Privatvilla Michael von Karlsberg
0:29 Uhr

Von Karlsbergs Worte waren so offen und so intim, dass Okeanos nur schwer damit umgehen konnte. Obwohl bereits eine große Nähe zwischen ihnen beiden bestand, schien er sich jetzt in einer Weise zu öffnen, die sie als totale Aufgabe seines Selbstschutzes empfand. Ihr Misstrauen wurde durch diesen Umstand zwar stark reduziert, gleichzeitig empfand sie ihn aber auch als Last, die sich plötzlich auf diese so junge Beziehung legte.

„Die Erlebnisse vor drei Jahren waren so traumatisch für mich, dass ich mich vollkommen zurückgezogen habe und umgehend nach Deutschland abgereist bin. Ich hatte Angst vor Menschen, vor Berührungen, Körperlichkeit, Gefühlen. Eine allgegenwärtige Angst, die mein Handeln bestimmte, jedoch keinen nachvollziehbaren Mustern folgte und meine Welt mit widersprüchlichen Empfindungen und Unlogik überzog. Kannst du dir vorstellen, wie es ist, wenn du unendlich gerne wieder Vertrauen in Menschen haben willst, in jeder Seele aber das Böse vermutest, das Carlos de Santiago in sich trug? Dich nach Liebe und Nähe sehnst, aber trotzdem panische Angst hast, wieder einen Menschen zu lieben und dann Gefahr zu laufen, auch diesen zu verlieren?"

„Wie hängt das aber mit diesen Brillen zusammen?"

„Ich fühlte mich völlig vergiftet, deswegen habe ich mich eingeigelt, hatte so gut wie keinen Bezug mehr zur Außenwelt. Dadurch war ich natürlich alleine, ohne wirkliche menschliche Beziehungen, keinerlei körperliche Befriedigung. Sex ist mir aber sehr wichtig. In Berlin bin ich nach einiger Zeit über das Internet in Kontakt mit dieser hier in den USA noch sehr unbekannten Szene gekommen. Sie veranstalten Cybersexpartys. Ich konnte einfach zusehen, aber eben in dieser unglaublichen Intensität, mit der Vielzahl von Blickwinkeln, die jeden in diese virtuelle Realität einsaugt. Das war anfangs so gut wie eine körperliche Befriedigung für mich. Ohne meinen Phobien entgegentreten zu müssen, konnte ich so mein sexuelles Verlangen stillen." Sein Gesichtsausdruck verdunkelte sich. „Doch die anfängliche Begeisterung flachte bald ab, woraufhin mir der Club die Möglichkeit bot, sozusagen ein persönliches Double zu benutzen. Jemanden, der stellvertretend für mich bei diesen Partys sexuellen Kontakt entsprechend meinen Anweisungen aufnahm. Wir nannten diese Personen Avatare."

In gewisser Weise zog Okeanos dieser Gedanke an. Sie spürte, wie die Spannung zwischen ihr und von Karlsberg wieder aus dem Kopf in ihren Körper hineinfloss.

„Plötzlich besaß ich einen zweiten Körper, der sich genau so verhielt, wie ich es wollte. Die Erfahrung war unglaublich, aber auch *highly addictive*. Durch diesen zweiten Körper hatte ich Sex mit bildschönen Menschen, die noch nicht einmal mit mir im selben Raum sein mussten."

Sein erotisches Geständnis begann, Okeanos mehr und mehr zu erregen.

„Ich fühlte mich sicher in dieser Distanz. Mein Avatar war wie ein Vorkoster, der mich vor Vergiftungen schützte. Doch langsam verschwamm die Grenze. Unaufhaltsam wurde ich in diese virtuelle Sexualität eingesogen und verlor die Kontrolle. Der Magen meines Vorkosters war sozusagen direkt mit meinem Kreislauf verbunden, das von mir immer noch gefürchtete Böse im Menschen drohte wie ein Gift ohne Schutz in mein System einzudringen. Die Grenze zwischen Virtualität und Realität war für mich nicht mehr existent. Aus Selbstschutz habe ich mich dann von der Szene entfernt und bin zurück in die USA gekommen. Außerdem war es mir wichtig, dem Ort nahe zu sein, wo meine Familie ums Leben gekommen ist. "

„Warum hast du mir nicht sofort gesagt, dass du diese Brillen kennst?" In ihrer Stimme lag nun etwas Laszives, fast noch unmerklich, aber doch präsent.

„Aus Scham. Ich hatte seit drei Jahren keinen Sex mehr mit einer Frau. Dann klopftest du an meine Türe. Deine Schönheit hat mich schlichtweg umgehauen. Glaubst du, ich führe als Nächstes meine Traumfrau hier hinein und sage: Schauen Sie mal, natürlich kenne ich die Cyberbrillen, ich nehme damit seit Jahren an wilden Orgien teil? Selbst jetzt noch ist es sehr schwierig für mich, darüber zu sprechen."

Noch ein Punkt, in dem wir uns ähnlich sind, auch ich hatte seit drei Jahren keinen Sex mehr, realisierte Messine die unglaubliche Durststrecke, die ihre Sexualität mittlerweile durchgemacht hatte.

„Michael, ich glaube dir. Aber das ist wirklich schwer zu verdauen."

„Bitte, Messine, das ist ein Teil von mir. Es ist Vergangenheit. Aber ich will dir die Unwissenheit bezüglich dieser Erfahrung nehmen."

Er nahm eine der Brillen und setzte sie Messine wieder auf.

Durch die noch transparenten Gläser sah sie die Erregung in seinen Augen. Vor ihr stand der Mann, der sie seit zwei Tagen zwischen Verlangen und Verdächtigungen hin- und herpendeln ließ, der gerade eben erst einen weiteren Anfall von Skepsis aus ihren Gedanken vertrieben hatte. Trotz der Gefahr, möglicherweise doch einem Mörder gegenüberzustehen, spürte sie das starke Verlangen, sich in die Hände dieses ihr fast Unbekannten zu begeben, sich ihm auszuliefern. Und genau diese Spannung erregte sie noch mehr und durchflutete ihren gesamten Körper. Von Karlsberg streifte sich das zweite Gerät über und synchronisierte mit einem Knopfdruck die beiden Brillen. Sanft drückte er Messines

Körper auf den Bürostuhl und drehte sie in Richtung der Bildschirme. Ein Tippen auf seine Brille ließ die Aufzeichnungen weiterlaufen.

„Das war mein Avatar", flüsterte er.

Der gut gebaute Mann brachte gerade die stehende Frau mit langsamen Stößen zum Orgasmus und blickte dabei genau in Messines Augen. Durch die großen Projektionsflächen wirkte alles noch viel intensiver. Sie starrte erregt auf die Bildschirme.

Für sie unsichtbar, näherten sich von Karlsbergs Hände von hinten und formten schließlich einen Kreis um ihren schlanken Hals.

***

174. KAPITEL

Was in diesem Raum geschah, konnte er zwar nur erahnen, da ihm sein Blickwinkel lediglich einen sehr kleinen Bereich des Zimmers einsehen ließ. Doch plötzlich hatte Agent Cheng allen Grund, nervös zu werden. Er sah, wie Michael von Karlsberg Okeanos eine Cyberbrille aufsetzte und ein Pornovideo startete. Es war aber nicht dieses Video, das den FBI-Beamten aus der Ruhe brachte, sondern die Hände des Mannes, die sich langsam wie im Würgegriff um den Hals der Kollegin legten.

Er zog die Waffe und zielte etwas links neben den Türspalt. Dort stand, halb verdeckt durch die Bücherwandtüre, Michael von Karlsberg hinter der Spezialagentin. Falls dieser zupacken sollte, würde Agent Cheng schießen. Zum ersten Mal in seiner FBI-Laufbahn.

***

175. KAPITEL

Privatvilla Michael von Karlsberg
0:32 Uhr

Wie in Michelangelos Deckengemälde *Die Erschaffung Adams*, hatten seine Hände Messines Hals noch nicht erreicht, als sich seine Gedanken in Energie verwandelten, die die Distanz zwischen beiden Körpern mühelos überwand und auf ihren Körper übersprang. Wie ein Wassertropfen, unweigerlich von der Gravitation ihrer Lenden angezogen, floss diese Kraft langsam über die bebenden Brüste und durch ein leichtes Heben ihres Beckens an ihr Ziel geleitet, wo sie wieder Materie wurde. Okeanos fühlte die Feuchtigkeit in der sich nach Berührung sehnenden Region zwischen ihren Beinen.

Sie war kurz davor, ihrem Verlangen nachzugeben, den Sündenfall zu wiederholen. Die hauchdünne Distanz zwischen seiner starken Hand und ihrem erregten Körper wurde durch das rhythmische Pulsieren ihrer Halsschlagader überwunden.

Von Karlsberg spürte ihren starken Herzschlag und schaltete, nun selbst erregt, die Brillen in einen neuen Modus. Okeanos' Gläser wurden zu Monitoren, auf denen die Agentin ein Abbild ihrer selbst erblickte, als stünde sie genau hinter ihrem eigenen Körper. Zwei Hände legten sich nun zärtlich um ihren Nacken und zogen sie sanft am Hals nach oben. Ihr glänzendes schwarzes Haar wurde über ihre Schultern gestrichen. Die beiden Hände glitten spielerisch vom Hals zu ihrem Brustbein und zärtlich weiter hinab zu den von Gänsehaut überzogenen, leicht zitternden Brüsten.

Messines schwerer Atem presste ihren Brustkorb auseinander und drückte ihren runden Busen in von Karlsbergs Hände. Sie stöhnte auf. Das Streicheln über ihre vor Lust gehärteten Brustwarzen ließ ihren Körper rhythmisch zucken. Es war die Zärtlichkeit, die stärker als jede feste Berührung ihren Körper führte. Gekonnt stieß sein Fuß den Bürostuhl als letzte Barriere zwischen ihren Körpern zur Seite.

Mit der rechten Hand öffnete ihr Geliebter nun die Perlmuttknöpfe der seidenen Bluse, während seine linke Hand weiter sanft über ihren Busen glitt. Sie sehnte sich nach seinen Hüften, drückte ihren Po nach hinten und spürte sein steifes Glied. Zufrieden glitt ihre Hand zwischen seine Beine, umfasste ihn kurz und öffnete dann gekonnt ihren Rock, der mit Leichtigkeit an den provokanten Strümpfen entlang zu Boden glitt. Wie in einer perfekten Choreografie war jetzt auch ihre Bluse vollkommen geöffnet und er streifte sie mit gleicher Leichtigkeit über ihre nach hinten gedrückten Arme. Ihr rechtes Bein machte einen kleinen, unzüchtigen Schritt zur Seite, um endgültig aus dem Rock zu steigen. Jetzt stand ihr erregter Körper genau wie in der vorher gesehenen Videoübertragung mit leicht gespreizten Beinen vor von Karlsberg, überaus bereit für den Liebesakt.

Das erste Mal in ihrem Leben sah Messine sich selbst so deutlich von hinten. Bis auf ein kleines Dreieck am unteren Ende ihrer Wirbelsäule überzog die Urlaubsbräune noch den gesamten Körper. Der Anblick ihrer glänzenden Haut, des zu einer schmalen Taille zusammenlaufenden, muskulösen Rückens, der schmalen Hüften, ihres festen kleinen Hinterns, erregte sie selbst. Von Karlsberg streichelte weiter ihren Rücken, öffnete mit der anderen Hand sein Hemd, danach seine Hose, zog ruhig seine Unterhose nach unten und blickte auf sein steifes Glied, als wolle er ihr vorab seine Männlichkeit präsentieren. Genau wie sie selbst war auch er vollkommen glatt rasiert. Seine Hand ergriff ihren String, streifte ihn von dem zitternden Körper. Dann zog er ihre Hüften zu sich und drang langsam, aber kraftvoll in sie ein. Ihr Stöhnen erregte ihn noch stärker und Messine spürte, wie sich ihr Liebesorgan weiter öffnen musste, um ihn einzulassen. Ein unbeschreibliches Gefühl erfüllte sie.

Messine konnte auf ihrer Brille sehen, wie sein glänzendes Glied rhythmisch in sie eindrang. Diese Bilder erregten sie unglaublich, jedoch schien es ihr, als müsse sie ihre Sinne mit denen von Karlsbergs teilen und als wirke deshalb immer nur die halbe Intensität der Berührung auf ihren Körper. Sie schloss ihre Augen und damit seinen Blick aus ihrer Wahrnehmung aus. Nun spürte ihr Körper den Liebesakt voller Stärke. Ihre Lust ließ sie laut aufstöhnen. Von Karlsberg erfüllte sie vollkommen. Erneut öffnete sie ihre Augen und das intensive körperliche Gefühl verlor sich wieder in den optischen Reizen.

Ihr wurde klar, dass sie zwischen diesen beiden Realitäten pendelte, und das gefiel ihr nicht. Sie griff nach hinten, stoppte die Bewegung und entzog sich seinem Penis. Dann drehte sie sich um, nahm sich und ihrem Liebhaber die Brillen ab und küsste ihn zum ersten Mal leidenschaftlich auf die Lippen. Ihre strahlenden Augen blickten ihn sanft, aber bestimmt an.

„Bitte, ich will dich vollkommen spüren."

Sie nahm ihn bei der Hand und führte ihn aus dem Zimmer.

***

0:44

Agent Cheng glaubte seine Augen nicht zu trauen. Vermutlich alle männlichen FBI-Kollegen und ein erheblicher Teil der weiblichen hatten irgendwann einmal sexuelle Fantasien mit der bildhübschen Spezialagentin als Protagonistin durchlebt. Jetzt konnte er durch den schmalen Türspalt zu-

mindest kleine Ausschnitte eines Liebesaktes dieser uner-
reichbaren Traumfrau erhaschen.

Die sind doch tatsächlich am Vögeln!

Plötzlich öffnete sich die Türe und die nur mit halterlosen
Strümpfen und Pumps bekleidete Schönheit zog den nackten
Michael von Karlsberg an einer Hand in die Bibliothek, schob
ihn rücklings auf die Couch und schmiegte ihren Körper an
den muskulösen Oberkörper des Mannes. Sinnlich warf sie
ihre Haare auf die Seite, bäumte ihren Oberkörper wieder
auf, wodurch sich ihre Brüste in voller Pracht präsentierten,
und brachte schließlich mit einer Hand sein steifes Glied in
Position und sorgte durch das Senken ihrer schmalen Hüften
dafür, dass es langsam in sie eindrang.

Agent Cheng erregte die Situation als Mann, als Voyeur
einer ästhetischen Sexszene zweier erotischer Körper, und als
Agent gleichermaßen. Ohne einen Gedanken daran zu verlieren, was den Impuls dazu gab, zog er sein Handy hervor und
drückte auf Aufnahme.

Die Videofunktion seines Telefons filmte seine Vorgesetzte auf einem Verdächtigen sitzend und in rhythmischen Bewegungen die beiden nackten Körper zum Orgasmus füh-
rend. Wenige Minuten später war das Liebespaar am Höhepunkt angelangt. Agent Cheng stoppte die Aufnahme und
schlich aufs Äußerste erregt zurück in die Dunkelheit.

***

0:49 Uhr

Drei Jahre ohne Sex hatten dafür gesorgt, dass die beiden
Liebenden sehr schnell zum Höhepunkt ihres sexuellen Lus-
terlebens gelangten. Kurz vor ihrem Orgasmus hatte Okeanos den Eindruck, ein Schatten bewege sich vor dem Fenster.
Doch der darauffolgende Sinnesrausch radierte diese Wahrnehmung sofort wieder aus. Sie konnte spüren, wie sich die

Durchblutung ihres Liebesorganes bis zum Maximum steigerte. Ihre Fingernägel krallten sich während des Höhepunkts in von Karlsbergs muskulöse Brust und sie stöhnte mehrfach heftig auf.

Entspannt durch diese Entladung schmiegte sie sich wenig später Geborgenheit suchend an den Liebhaber und küsste seinen Hals. Dabei spürte sie, wie sein Glied nach dem starken Orgasmus noch immer in ihrem Unterleib zuckte.

***

176. KAPITEL

Endlich sah Agent De Niro seinen Kollegen an der rechten Hauswand unter der mächtigen Weiden-Eiche aus der Dunkelheit treten. Er signalisierte seine Ungeduld durch mehrmaliges Betätigen der Lichthupe. Sofort streckte sein Kollege als positives Zeichen den Daumen nach oben.

„Deputy Director MacCluskey, es ist alles in Ordnung. Agent Cheng hat mir gerade eben ein Zeichen gegeben. Tut mir leid, dass es so lange gedauert hat. Wir werden morgen unseren Bericht abgeben."

Das Grinsen, das Agent Cheng beim Einsteigen wie ins Gesicht gemeißelt war, ließ sich nicht einmal durch die folgenden Beschimpfungen minimieren.

„Was war denn um Himmels willen mit dir los? Du warst fünfundzwanzig Minuten lang weg! Bist du unfähig, da mal reinzugehen? Mich hat MacCluskey in der Zeit zweimal zur Sau gemacht, warum das so lange dauert."

Unbeeindruckt fuhrwerkte der Asiate mit dem Handy vor De Niros Gesicht herum.

„Schalt mal eins runter, sonst versäumst du die Chance, unsere Chefin beim Ficken zu sehen."

„Wie bitte?"

Cheng startete nach wie vor grinsend das Video.

„Oh mein Gott. Was für eine geile Alte. Vielleicht sollten wir uns auch mal verdächtig machen, wenn das Verhör dann so aussieht." De Niro starrte auf die Bilder. „Was machen wir jetzt damit?"

„Keine Ahnung, lass mich darüber nachdenken."

„Vielleicht ist ihr das Video einen Blowjob wert?"

Beide Männer fantasierten eine Weile lachend in Stammtischmanier über Möglichkeiten, sexuell an eine Frau zu kommen, die meilenweit über ihrer Liga spielte. Das ließ bei den beiden kurzzeitig in Vergessenheit geraten, dass sie FBI-Beamte waren und Special Agent Okeanos' Sündenfall mit einem FBI-Handy aufgenommen worden war – eine Verdrängung, die allerdings nicht lange anhalten sollte.

***

177. KAPITEL

Privatvilla Michael von Karlsberg
0:50 Uhr

Okeanos lugte kurz von der Bibliothek in den beleuchteten Garten hinaus.

„Kannst du bitte die Gartenlichter ausmachen und das Wohnzimmerlicht etwas dimmen? Ich fühle mich bei dem vielen Licht irgendwie beobachtet."

Sie selbst hatte für die Überwachung von Michael von Karlsberg mehr Personal angefordert. Obwohl alle bis auf zwei Agenten bei dem letzten, durch die Episoden III und IV ausgelösten Einsatz abgezogen worden waren, gab es außerdem immer noch die Möglichkeit, dass Journalisten das Haus beobachteten.

Von Karlsberg bediente lässig seine sprachgesteuerte, offensichtlich sehr smarte Haustechnik und ließ den Wohnraum in eine abgedimmte, überaus gemütliche Lichtszenerie fallen. In dem nun schwächer beleuchteten Raum spielten die Reflexionen des Kaminfeuers deutlicher an den Zimmerwänden und erzeugten eine lebendige, freundliche Atmosphäre. Endlich wurden nun auch die Pflanzen im Garten von der natürlichen Dunkelheit der Nacht verhüllt und alle Fenster tönten sich leicht ab.

„So, damit ist dein Engelskörper vor unerwünschten Blicken sicher. Die Fenster sind jetzt nach außen verspiegelt."

„Einhundert Prozent?"

„Einhundert Prozent."

Im Schutz dieser Aussage stand Okeanos auf, ging geschmeidigen Schrittes in das Wohnzimmer und stellte sich

provokativ vor die Couch. Der Engel wurde zum Teufels-
weib, das sein Opfer nun mit dem Zeigefinger lockte.

„Dann komm her!"

In einer fließenden Bewegung ergriff sie ihren engen Blazer und zog ihn über ihren gebräunten Oberkörper. Selbst
Helmut Newton hätte diese Darstellung nicht besser insze-
nieren können. Die vom gerade erlebten Orgasmus in eine
lasziv entspannte Aura getauchte Schönheit zog den nur
wenige Zentimeter über ihre Taille reichenden, hautengen
Einreiher am vorderen Saum fest nach unten und presste
gleichzeitig mit den Oberarmen ihren prallen Busen gekonnt
gerade so weit aus dem Reversausschnitt, dass ihre dunklen
Brustwarzen leicht hervorblitzten. Dabei pendelte sie wie ein
Vamp mit den zwischen Jacke und Spitzenstrümpfen seidig
schimmernden, unbedeckten Hüften aufreizend hin und her.

Magnetisiert von diesem Anblick, erhob sich ihr Zielob-
jekt und trat so nahe vor sie, dass sein sich wieder erhärten-
des Glied ihren Unterleib berührte. Er nahm sie zärtlich in
die Arme und küsste sie. Von seinen Lippen floss eine neue,
starke Welle des Verlangens in ihren Körper über.

„Messine, komm mit mir ins Schlafzimmer. Ich will mit
dir schlafen, wie es sich für Liebende gehört."

***

178. KAPITEL

Appartement Agent Baker
0:50 Uhr

Trotz aller Müdigkeit konnte Baker nicht schlafen. Es war aber nun nicht mehr Sokrates, um den sich seine Gedanken drehten. Im Bezug auf diesen Fall starrte Baker nur abgestumpft auf die mittlerweile monotone Routine: die springenden GPS-Positionen von Sokrates' Server und dessen Handy, deren verschlüsselte Botschaft dem Gehirn des jungen FBI-Mitarbeiters noch nicht zugänglich war, und eine seit Beendigung von Episode IV vollkommen inhaltslose, graue Webseite.

Vielmehr beschäftigte ihn eine andere Frage. Kurz nach dem Gespräch mit Sunny hatte sein Computer eine Anfrage über das zentrale Nachrichtensystem des FBI-Headquarters erreicht: Deputy Director MacCluskey wollte wissen, wo sich Okeanos aufhielt. Wenig später blinkte die Rückmeldung auf, dass sich die Ermittlerin bei Michael von Karlsberg befinde. Er fühlte sich wie ein hilflos verliebter Jugendlicher. Am liebsten hätte er sie angerufen, die Privatnummer hatte er ja nun. Aber was sagen, ohne sich lächerlich zu machen?

Hallo, ich habe mir Sorgen gemacht.

Hallo, ich bin verknallt in Sie und stinkeifersüchtig. Was machen Sie bei dem gut aussehenden Verdächtigen?

Hallo, der Deputy Director sucht nach Ihnen ... Ja, gerne geschehen. Bis morgen, Agent Okeanos.

Ach, es klang einfach alles lächerlich. Immer wieder fing er an, eine Nachricht in sein Handy zu tippen, um nach wenigen Worten die dummen wirkenden Zeilen wieder zu löschen. Bis plötzlich etwas Unerwartetes geschah.

179. KAPITEL

Privatvilla Michael von Karlsberg
01:16 Uhr

Messines und von Karlsbergs erster Beischlaf war
schlichtweg Sex gewesen, legitimiert und emotional dekoriert
von der tiefen gegenseitigen Zuneigung des Paares, aber
trotzdem purer Sex. Die drei Jahre, die sie wie im Zölibat
verbracht hatten, hatte beide Körper in ein so großes sexuelles Vakuum getrieben, dass bei der kleinsten Öffnung durch
die Berührung des Partners das Verlangen in einer Heftigkeit
ausbrach, die den leisen Nuancen eines sich langsam entwi-
ckelnden Liebesspiels keine Chance ließ. Beim zweiten Mal
jedoch liebten sie sich. Die vorangegangene Entladung hatte
ihre Körper wie aus einer Hülle gepellt und die zuvor in den
erogenen Zonen konzentrierte Sensitivität verteilte sich jetzt
über ihre gesamten Körper.

Nachdem beide ein zweites Mal zum Höhepunkt gekommen waren, nahm von Karlsberg seine Geliebte fest in
die Arme und flüsterte:

„Bleib hier heute Nacht."

„Das geht nicht. Offiziell bist du nach wie vor ein Verdächtiger, so lange, bis wir dich morgen förmlich entlasten."
Ihre Stimme klang traurig.

„Wenn du bleibst, wird sich alles ändern. Ich spüre, wie
du all die negative Energie, die mein Leben zurzeit bestimmt,
mit deiner Anwesenheit vertreibst."

„Ich kann nicht. Was glaubst du, passiert, wenn ich morgen hier fröhlich herausspaziere und vor der Türe meine
Kollegen vom Überwachungsteam begrüße? Diese Uhrzeit ist
schon problematisch genug."

„Aber genau darum ging es doch vorhin, das zu tun, was man fühlt. Nicht, was von einem verlangt wird."

„Diese Freiheit habe ich nicht."

„Freiheit liegt immer in den Grenzen der eigenen Wahrnehmung. Es kommt darauf an, welche Bedingungen du akzeptierst."

„Ich weiß. Manchmal fühle ich mich wie ein Spiegel, der nicht er selbst sein darf, sondern nur reflektiert, was ihn umgibt. Als sei Messine Okeanos nur der Pseudo-Plutarch ihres Lebens, dessen wirklichen Inhalt jedoch das FBI diktiere."

„Zumindest hast du mir heute den Blick auf *meinen* alten Spiegel verstellt. Ich hoffe, ich bin stark genug, nicht wieder diese alte, traurige Reflexion zu sehen, wenn du nicht mehr bei mir bist."

Er küsste sie auf die Stirn, stand auf und ging zum Badezimmer.

Okeanos rollte sich entspannt auf den Rücken und ließ sich für einen kurzen Moment in einen mentalen Schwebezustand gleiten. Seine letzten Worte hallten noch deutlich in diesen traumähnlichen Zustand hinein, als sie das Vibrieren eines harten Gegenstandes unter ihrer Schulter schlagartig in die Realität zurückholte. Es war ihr Handy.

„Shit, ich hatte mein Handy die ganze Zeit stumm gestellt!", schimpfte sie mit sich selbst. Sie kramte das Gerät aus der Jackentasche. „Na perfekt, 23 Anrufe und sieben Nachrichten."

„Redest du mit mir?", schallte es aus dem Badezimmer.

Okeanos schaute auf die Uhr: 01:19 Uhr. Die letzte Nachricht war von 0:53 Uhr.

Dann kann es ja nicht so dringend sein, verdrängte sie als fröhliche junge Frau den Drang nachzusehen, wer sie kontaktiert hatte, und sprang vergnügt zu ihrem Liebsten unter die Dusche.

„Ich muss gleich gehen. Aber ich denke, ich weiß, was ich will."

„Was denn?"

„Dich!"

***

01:28

Beschwingt verließ Okeanos das Anwesen. Sie war voller positiver Energie, denn sie war glücklich. Deshalb würden vier Stunden Schlaf heute Nacht ausreichen. Sie blickte mit ernster Miene zu den Kollegen im Auto hinüber, kicherte innerlich aber in sich hinein.

Wenn die wüssten, dass ich gerade herrlichen Sex hatte und kein Höschen trage!

Die Kollegen hatten ähnliche Gedanken: *Wenn die wüsste, dass sie gerade beim Ficken aufgenommen worden ist!*

Beide Parteien grüßten höflich. Keine Sekunde später klingelte ihr Telefon mit unterdrückter Nummer. Das konnte nur Michael von Karlsberg sein!

„Na? Vermisst du mich schon?" Ihre Stimme war purer Sex.

„Special Agent Okeanos?"

„Oh! Agent Baker, Entschuldigung, ich habe nicht Sie erwartet." *Shit.* „Was gibt es, wieso rufen Sie anonym an? Und um diese Uhrzeit!"

Es entstand eine kurze, unangenehme Pause.

„Das ist mein Privattelefon. Tut mir leid, ich habe nicht daran gedacht, dass es Ihnen keine Nummer übermitteln wird. Wo sind Sie?"

„Auch, wenn es Sie nichts angeht, ich fahre nach Hause. Wieso?"

„Haben Sie meine Nachricht erhalten?"

„Ich habe mehrere Nachrichten erhalten, aber noch nicht angesehen, einen Moment." Sie scrollte über die Texteingänge.

„Aha. Dann sollten wir uns doch schon um 07:30 Uhr treffen. Oh Gott, der Titel ist ja nicht gerade ein gutes Omen. Schrecklich!"

Okeanos war schlagartig wieder völlig konzentriert auf den Fall Sokrates.

„Ja, deswegen hatte ich Sie gleich informiert. Aber es gibt noch etwas anderes. Es ist eine E-Mail von Sokrates eingegangen, haben Sie die gesehen?"

Sie hatte in ihrem privaten Telefon lediglich eine spezielle Mailadresse eingerichtet, die nur wenige Menschen kannten.

„Nein, da komme ich jetzt nicht ran. Was ist der Inhalt?"

„Wir sollen alle um 11:15 Uhr bei Troy Turner sein. Sie, Smith, Turner, Herr Farrow und Herr von Karlsberg." Der letzte Name kam ihm etwas schwerer über die Lippen. „Ich weiß nur nicht, wie wir sicherstellen können, dass die Herren alle informiert werden."

„Um von Karlsberg kümmere ich mich. Agent Smith sollte auch kein Problem sein. Die anderen rufen wir morgen früh an. Sonst noch etwas?"

„Ja, wir sollen Farrow die Brille von Frau Stein zur Verfügung stellen. Offensichtlich ist er diesmal auch wieder bei der Suche dabei. Und Deputy Director MacCluskey hat Sie gesucht. Steht auf dem digitalen Messageboard, Sie sollen ihn morgen früh sofort anrufen."

„Ich habe seinen Anruf auf meinem Handy gesehen. Ist okay, danke."

Okeanos beendete das Gespräch und drückte die erste Nummer ihrer Wiederwahlliste. Nach kurzer Zeit erklang eine dunkle Männerstimme: „Na, vermisst du mich schon?"

Sie lachte aufgrund der Übereinstimmung ihrer Ansprachen kurz auf.

„Du weißt ja gar nicht, wie gefährlich so eine blinde Aussage ist. Aber natürlich vermisse ich dich."

„Das ist aber nicht der Grund deines Anrufs."

„Jein", ihre Stimme wurde geschäftsmäßiger. „Sokrates verlangt, dass wir uns morgen um 11:15 Uhr bei Troy Turner einfinden."

„Okay, kann ich machen." Eine kleine Pause entstand. „Aber ich benötige die Adresse."

„Ich texte sie dir. Also sehen wir uns früher als gedacht wieder, wenn auch nicht ganz freiwillig. Dann ist der Wahnsinnige ja doch zu etwas nütze."

Jetzt lachte von Karlsberg auf.

„Vielleicht unterschätzen wir ihn. Also, schlaf gut. Außer, du möchtest mich noch einmal von deinem Bett aus anrufen."

Okeanos schmolz dahin. „Wenn *du* das unbedingt willst, dann machen wir das."

Sie beendete das Gespräch mit einem Lächeln. Michael von Karlsberg machte sie einfach glücklich. Er nahm selbst schlimmen Dingen kurzzeitig die Tragik, ohne dabei deren Natur zu ignorieren. Es war die Leichtigkeit, mit der er selbst außergewöhnlich erscheinende Dinge so tiefgreifend durchkämmte, dass sie schließlich als Selbstverständlichkeiten erschienen. Groteskerweise verlor dabei nichts davon an Wert, nur an oberflächlicher Ausstrahlung, und die Dinge öffneten sich ungeschminkt dem Betrachter. Sie hatte das Gefühl, mit ihm könne sie schlichtweg alles meistern. Vor allem, wieder zu sich selbst zu finden.

***

180. KAPITEL

Baker lag in seinem Bett und schlief trotz aller privaten und beruflichen Fragen allmählich ein. Die Müdigkeit hatte ihn schließlich doch noch eingeholt. Vor seinem inneren Auge entschwand langsam der letzte optische Eindruck des Tages.

Die Webseite www.sokrates-lieyes.com hatte wenige Minuten zuvor ihre Farbe in ein neutrales Weiß verändert. Schlicht und schnörkellos. Wie ein Tropfen Blut blinkte einmal pro Sekunde ein kleiner roter Punkt rhythmisch auf und reduzierte die darunter platzierte Zahl von anfangs 27.000 jeweils um eins. Dazu verkündete ein Text in ebenso blutroten Buchstaben:

EPISODE V
DIE SCHÄNDUNG
START 11:55 UHR

***

TAG 5

Sonntag, 16. April

181. KAPITEL

Chefetage des Media Channel 7
07:28 Uhr

Jack Farrow war früh erwacht. Die Textnachricht, nach der er um 11:15 Uhr bei seinem Geschäftspartner Troy Turner erscheinen sollte, brachte den Frühaufsteher dennoch in eine zeitliche Bredouille: Für 11:00 Uhr war eine Redaktionssitzung anberaumt, um die nächste Sondersendung über Sokrates durchzusprechen. Die musste jetzt ohne ihn stattfinden.

Er lehnte sich nachdenklich in dem bequemen Bürosessel zurück und ließ seinen Blick über die Dächer der Hauptstadt schweifen. Von seinem luxuriösen Penthousebüro hatte er entlang der Vermont Avenue einen fast direkten Blick zum Weißen Haus, zumindest auf den *North Lawn Fountain* und den Westflügel des Präsidentengebäudes. Oft blickte er vor schwierigen Vorstandsbesprechungen zu dem 132 Räume beherbergenden Anwesen hinüber und verglich die ihm bevorstehende Aufgabe mit der Last, die dem Bewohner des dortigen ersten Stockwerks auf den Schultern liegen musste. Das sorgte meist dafür, dass ihm seine eigenen Entscheidungen fast lächerlich einfach vorkamen. Vielleicht wirkte der Medienmogul deswegen immer so entschlossen und kompromisslos. Jack Farrow war der festen Überzeugung, dass von führungslosen Mitarbeitern Gefahr ausging. Daher beschäftigte er sich generell intensiv mit seinen eigenen Untergebenen. Dies jedoch nicht persönlich, nicht mit den Einzelnen, sondern abstrakt: Er betrachtete sie als individuelle Elemente in einer größeren Einheit, die er mit harter Hand in Richtung seiner Visionen steuern musste. Das Umsetzen dieser Visionen konnte zwar unterlegt werden mit Analysen,

Umfragen, Verkaufszahlen, Einschaltquoten, Trendbarometern und was es sonst noch für lächerliche Versuche gab, das Konsumverhalten von Menschen in verwertbare Zahlen zu pressen. Ihre komplette Realisierung lag jedoch viel weiter in der Zukunft als diese in der Gegenwart gewonnenen Daten. Menschen wie Jack Farrow mussten daher, immer den zu erwartenden Zeitgeist im Blick, millionenschwere strategische Entscheidungen treffen, die zu einem erheblichen Teil auf einem Gefühl gründeten, dem *richtigen Riecher*. Doch dieser Vorgang beruhte nicht nur auf dem viel zitierten Bauchgefühl und auch nicht einfach auf Schwarz-auf-Weiß-Daten, sondern vielmehr auf anderen, feineren, für viele Menschen nicht zugänglichen Informationen. Somit war auch das Resultat für diese vielen Menschen nicht nachvollziehbar und entsprechend oft stieß er mit seinen Entscheidungen auf Skepsis und Ablehnung.

Wohl aus diesem Grund kam er gerne sonntags um diese Zeit in die Firma, wenn sich nur wenige Personen in der Chefetage des Medienverlages aufhielten. Farrow genoss es dann, durch die leeren Gänge und Räume seines Imperiums zu spazieren und ganz für sich alleine die Charaktere seiner Mitarbeiter anhand des Eindrucks zu analysieren, den ihre Bürotische vermittelten. In dieser Disziplin war er Meister. Er konnte die kleinsten, auf den ersten Blick überhaupt nicht zum Thema passenden Details wahrnehmen, diese peripheren Daten mit einer zentralen Frage verbinden und daraus eine Aussage formen. Bei der Frage nach den Ursachen des immensen Erfolges von Sokrates Serials war ihm dieser abschließende Prozess bislang noch nicht gelungen. Die Entwicklung, die diese *Show* in den letzten beiden Tagen vollzogen hatte, war in der Internetgeschichte bislang vollkommen einzigartig.

Farrow stieß sich mit einem Fuß an der Fensterbank ab und drehte den Sessel um 180 Grad, sodass er in den Raum hineinblickte. Ein Klick, und direkt vor ihm flutete eine riesige TV-Wand mit einhundertsechzig Sendungen aus aller Welt das Chefbüro mit Nachrichten.

Unglaublich, überall laufen Sendungen über Sokrates. Er ist zum totalen Hype geworden. Stephanie muss unbedingt mehr Druck bezüglich der Vertriebsrechte für diese Brillen machen. Ich will den Vertrag endlich unterschreiben. Die Dinger werden der *Verkaufsschlager.*

Die Nachricht an seine Assistentin Stephanie mit der Anweisung, die japanische Firma erneut zu kontaktieren, war schnell geschrieben. Danach betrachtete er wieder die reizüberflutende Bildschirmcollage.

Ich glaube, alle unsere Sendungen brauchen mehr Gewalt, Blut, Tragik. Das ist es, was die Menschen wollen! Das spiegelt unsere Gesellschaft wider.

Er kannte sich in dem Geschäft zu gut aus, um danebenzuliegen. Diese Mechanismen waren ihm schon so oft Werkzeuge zum Erfolg gewesen. Bei Sokrates Serials wirkte die immer gleiche Kettenreaktion: Das Spektakel zog die leicht zu begeisternden Massen an, gefolgt von sich als distanziert und objektiv einschätzenden Beobachtern, und diese schließlich verlockten die Intellektuellen zu mannigfachen Versuchen, das Phänomen zu erklären.

Allerdings ignorierte er vor lauter Geschäftssinn in seiner Begeisterung für diesen quantitativen Erfolg ein wichtiges Detail: Das gesamte Phänomen Sokrates war in seiner Wirkung auf die Menschen schlichtweg unberechenbar. Zwar sind für gefährliche Saaten Trägheit und Langeweile ein beinahe so guter Nährboden wie fehlende Bildung und Unaufgeklärtheit. Und Sokrates streute großflächig auf diese Mangelerscheinungen der Gesellschaft und vereinte die Konsumenten dadurch zu einer neuen, leicht manipulierbaren Einheit. Doch dass die Saat grausam und böse war, wurde von den Konsumenten in ihrer Reflexionslosigkeit übersehen, und das erlaubte Sokrates eine immer unmenschlichere Qualität seiner Inszenierungen, ohne dabei Gefahr zu laufen, von seinen Betrachtern geschockt abgelehnt zu werden. Sokrates hatte die Community innerhalb von nur zwei Tagen geschickt abgestumpft und darauf vorbereitet, noch hochprozentigeres Gift zu sich zu nehmen. 7.200 Sekunden vor dem Start der Episode V wurden über 150 Millionen Menschen langsam wieder hungrig und öffneten sich mental für den nächsten Energieschub in ihr System. Und die Zusammensetzung dieser Energie war den Konsumenten unbekannt, sodass sie keine Chance hatten, ihre Wirkung abzuschätzen.

7.200 Sekunden vor dem Start der neuen Episode sah Jack Farrow die Onlinezahlen sekündlich nach oben schießen. Das Konzept Sokrates funktionierte aus rein wirtschaftlicher Sicht fantastisch.

Farrow nahm die 160 Sender inzwischen nur noch wie durch einen Filter wahr. Er lehnte sich zufrieden in seinem Sessel zurück und spürte diese Aufregung in seinem Bauch, die immer dann auftrat, wenn er mit seinem Geschäftssinn absolut richtig lag.

***

182. KAPITEL

Fahrt Appartement Okeanos – FBI-Gebäude
07:28 Uhr

An manchen Tagen zeichnet die Natur ein Bild, das die Idee einer höheren Instanz selbst in das Bewusstsein von Agnostikern und eingefleischten Atheisten zwingen kann. Sonntag, der 16. April, war so ein Tag. Die verhasste Wolkendecke riss bei Tagesanbruch auf und die rötlich-gelb leuchtenden Sonnenstrahlen vermittelten die eigenartige Assoziation, sie seien von Gott gesandte Boten. Diese übernatürlich wirkenden Erscheinungen ließen an allen Straßenrändern das kräftige Rosa der Kirschblüten aufleuchten. Seit im Jahre 1912 der japanische Major Yuko Ozaki aus Tokio der Stadt Washington, D.C. dreitausend Kirschbäume als Zeichen der Freundschaft zwischen Japan und den USA geschenkt hatte, war die Stadt am Potomac River voll von ihnen. Und zum ersten Mal in diesem Jahr genoss auch Okeanos die von ihr bereits seit drei Wochen unbeachtete Blütenpracht in vollen Zügen. Vor dieser Kulisse empfand sie die sonst so monotone Fahrt in das Büro heute vollkommen anders. Selbst das anfangs sehr vorwurfsvolle Gespräch mit ihrer Mutter hatte ihre gute Laune nicht vertreiben können.

Doch kurz vor dem FBI-Gebäude attackierten die schrecklichen Ankündigungen von Sokrates ihr Glück und sie bekam ein schlechtes Gewissen, weil sie so unbedarft den schönen Tag genoss, während die entführte Helen Turner auf ihre öffentliche Schändung warten musste. Der Agentin war nicht bewusst, wie viel schrecklicher die wirkliche Bedeutung des Titels von Episode V sein sollte.

***

183. KAPITEL

Die Situation war anormal. Turners anfänglicher Schock nach Erhalt der Information, seiner Frau stünde eine Schändung bevor, wandelte sich langsam und für ihn völlig unerwartet in vermeintliche Ruhe und Akzeptanz. Er versuchte, seine ihm unerklärliche Gemütslage logisch zu rechtfertigen. *Jetzt wissen wir wenigstens, wie es um uns steht.*

Doch die von ihm fälschlich als Ruhe empfundene innere Leere drückte sich äußerlich ganz anders aus. Er wirkte verstört, unkonzentriert, in manchen Augenblicken fast apathisch. Dann lief er planlos durch die Gegend und reihte wie in einer Beschäftigungstherapie ununterbrochen kleine unkoordinierte Handlungen aneinander. Seine Gedanken stockten immer wieder und er kommentierte murmelnd jeden noch so profanen Prozess: *„So, noch Tassen ... Wasser ... Habe ich genug Stühle?"*

Auf Agent Bakers Anweisung hin war Troy Turner um 08:06 durch einen Anruf von Dr. Blumberg über Sokrates' Vorhaben informiert worden.

„Ich werde sofort zu Ihnen kommen und Sie psychologisch unterstützen. Meine Kollegen kommen dann gegen 10:30 Uhr und bereiten das Haus für den Kontakt mit Sokrates technisch vor. Wir sind alle sehr erschüttert über diesen Verlauf. Das gesamte FBI steht hinter Ihnen. Gemeinsam werden wir das schaffen", hatte der Psychologe zu ihm gesagt.

Gemeinsam werden wir das schaffen? Was werden WIR gemeinsam schaffen? Mich wieder aufzurichten, wenn dieser Mörder meine Familie zerstört hat? Troy Turner glaubte an gar nichts mehr. Alles Gute war mit seiner Frau und seiner Tochter verschwunden. Ohne Glauben fällt die Welt in sich zusammen. Nur sein Murmeln erhielt ihn jetzt noch aufrecht und diktierte seine Handlungen: *„Kaffee ... So, und Zucker ... Noch eine Stunde ... Ich sollte jetzt duschen."*

***

184. KAPITEL

Raum M3
10:27 Uhr

„Dr. Blumberg ist bereits bei Herrn Turner. Ich dachte, es ist besser, wenn sich ein Psychologe um ihn kümmert."

„Das war eine sehr gute Entscheidung." Okeanos sah wesentlich erholter aus als an den Tagen zuvor, ganz im Gegensatz zu Agent Smith, in dessen Gesicht die Stoppeln ein deutliches Zeugnis davon ablegten, dass er sich seit drei Tagen nicht rasiert hatte.

„Wo sind die Brillen?", wollte dieser nun wissen.

„Die Brillen sind bereits in der IT-Abteilung und werden über Verizon mit unserem Netzwerk verbunden. Die Techniker fahren in circa 45 Minuten los."

„Haben Sie Jack Farrow erreicht?"

„Ja, alles in Ordnung, er ist auch über die Zeitänderung informiert und hat versprochen, pünktlich zu sein."

„Und … gibt es etwas Neues von unseren *freien Mitarbeitern*?"

Sie warf einen unsicheren Seitenblick auf Smith.

„Schau nicht so, schlimm genug, dass du mich nicht eingeweiht hast, Kollegin. Unser Frischling hier hatte Daten in das System eingegeben, die wir überhaupt nicht haben konnten. Genau wie Agent Hanssen bin ich stutzig geworden und habe *unserem* Assistenten mal auf den Zahn gefühlt."

„Schön, dann machen *wir drei* eben ein Detektivbüro auf, wenn das FBI uns demnächst wegen konspirativer Machenschaften rausschmeißt."

Die Agentin nippte an ihrem Cappuccino und blinzelte. Komischerweise klang der Kommentar in den Ohren ihrer Kollegen eher fröhlich als ironisch.

„Wie ich das sehe, sind wir jetzt wenigstens ein richtiges Team. Also, gibt es da etwas Neues?", wiederholte Smith.

„Wenig, aber wir prüfen jetzt intensiv die Firmendaten und *besuchen* sozusagen auch andere Telefonprovider. So hoffen wir festzustellen, ob Sokrates noch ein anderes Netzwerk benutzt. Und ich habe eine Nachricht erhalten, dass ich auf den BVI anrufen soll. Das steht als Nächstes auf meiner Liste", erläuterte Baker den Stand der Dinge.

Okeanos blickte auf die Webseite und schnalzte nachdenklich mit der Zunge. „Was will dieser Mensch nur erreichen? Wieso jetzt Turners Familie, warum nicht er selbst?"

„Anscheinend will er ihm Leid zufügen. Vielleicht, weil er de Santiago gefilmt und damit indirekt zu seinem Tod beigetragen hat."

„Ja, aber dann könnte er ihn doch töten wie die anderen Opfer auch."

„Vielleicht hat er das noch vor?"

„Schrecklich, und jetzt soll es auch noch eine Online-Schändung geben, was immer das bei einem so skrupellosen Menschen wie Sokrates bedeutet. Apropos Sokrates: Aus meiner Sicht ist von Karlsberg seit gestern entlastet. Ich würde das gerne offiziell machen."

Hier schaltete sich Baker in das Gespräch seiner Vorgesetzten ein. Von Karlsberg war zum Reizwort für ihn geworden.

„Ist das nicht etwas voreilig?"

„Na ja, zweiteilen kann er sich sicher nicht", verteidigte die Agentin ihre Aussage und damit auch ihre Gefühle für von Karlsberg.

„Wer sagt denn, dass das Video wirklich live war? Troy Turner hat um 21:30 Uhr sein Haus verlassen und von Karlsberg war laut Überwachungsteam seit 22:32 Uhr beim Joggen. Das heißt, es gibt ein Zeitfenster von einer Stunde. Ich habe die Wege einmal nachgerechnet. Von Karlsberg braucht von seiner Villa nur etwa acht Minuten bis zu Turners Haus."

„Und wie soll er sich aus dem zu diesem Zeitpunkt noch von acht FBI-Männern überwachten Haus geschlichen haben? Außerdem waren immer Journalisten vor Ort. Ihre Theorie hinkt gewaltig."

Der Ton der Agentin war schärfer geworden, trotzdem erwachte auch in ihr nun wieder eine gewisse Skepsis.

„Ich weiß nicht, die Entlastung ist für mich nur nicht zu hundert Prozent wasserdicht."

„Na gut, vertagen wir das Thema und konzentrieren wir uns lieber auf Episode V. Sind die SWAT-Teams einsatzbereit?"

Baker war über den leicht herausfordernden Unterton in der Stimme seiner Kollegin enttäuscht und froh, das Thema zu wechseln. „Mehr als das."

„Gut, dann rufen Sie jetzt auf den Jungferninseln an und anschließend gehen wir noch einmal alle Details durch."

„Übrigens, haben Sie sich bei Deputy Director MacCluskey gemeldet?"

„Mist, das habe ich vergessen. Mach ich sofort."

Okeanos verließ den Raum.

***

185. KAPITEL

Washington, D.C. – Unbekannter Ort
10:30 Uhr

Helens Hand- und Fußgelenke schmerzten bei jeder kleinsten Bewegung. Wie ein Delinquent, der auf die Giftspritze wartet, war sie durch Lederhandschellen an den Händen und Füßen straff an einem Stuhl arretiert. Es musste sich um genau die angsteinflößende Konstruktion handeln, die sie als letzte Wahrnehmung in ihrem Gedächtnis gespeichert hatte. Davon ging sie zumindest aus, denn sehen konnte sie nichts. Etwas war über ihre Augen gebunden und ließ keinen Lichtstrahl an ihre Netzhaut dringen. Sie fühlte sich schrecklich. Die Nebenwirkungen des in großen Mengen eingespritzten Betäubungsmittels waren verheerend. Jeder Herzschlag ließ das Blut stechend durch ihre schmerzempfindlichen Gefäße schießen und quälte ihre malträtierte Hirnhaut erneut.

Sie wusste, dass auch ihre Tochter in der Gewalt des Entführers war. Irgendwo hier in der Nähe hatte sie Tracy das letzte Mal schreien gehört. Doch jetzt war alles totenstill. Sie flehte Gott darum an, dass ihr Kind noch leben möge. Diese Gedanken machten die Mutter verrückt. Ihre erbärmlichen Rufe nach Tracy verhallten unbeantwortet im Raum, bis Helens Verzweiflung schließlich in hysterischen Schreien gipfelte, was ihren Blutdruck so hoch trieb, dass sie das unerträgliche Pochen in ihrem Kopf zu einer Pause zwang.

Plötzlich spürte sie eine überaus unangenehme Neuerung. Es war menschlicher Atem, der ihr rhythmisch ins Gesicht wehte. Sie schrie auf, aber sofort wurde ihr Mund zugehalten und etwas drückte ihren Kopf kraftvoll gegen die Stuhllehne.

Danach klemmte sich etwas schmerzhaft über ihre Nase. Sie bekam augenblicklich keine Luft mehr. Der Sauerstoff in ihren Lungen wurde immer knapper. Sie begann sich mit aller Gewalt gegen die Fesseln zu stemmen, bis sie eine Stimme flüstern hörte.

„Schhhh. Beruhige dich. Tracy kann dich nicht hören und sonst auch niemand. Du bist alleine mit mir."

Der feste Griff lockerte sich und Helen schnappte erschöpft nach Luft.

„Was … was hast du mit meiner Tochter getan?" Durch die Kombination aus Schreien, Wut und Verzweiflung quollen nun schwere Tränen unter der dunklen Cyberbrille, die ihre Augen bedeckte, hervor.

„Ihr geht es gut, du wirst sie bald wiedersehen. Iss jetzt!"

Sie spürte einen rohrartigen Gegenstand an ihrem Mund und verschloss instinktiv mit aller Kraft die Lippen.

„Sei nicht so dumm! Du kannst nicht atmen, ohne den Mund zu öffnen. Ich habe bereits deine Brut gefüttert und jetzt werde ich es mit dir tun. Die Narkose schwächt dich und ich brauche dich bei Bewusstsein. Also iss!"

52 Sekunden später musste sie den Mund wegen des Sauerstoffmangels wieder öffnen und der Gegenstand wurde ihr gewaltvoll eingeführt. Ein weicher, süßer Brei schoss Helen in den Rachen. Sie kannte den Geschmack: Sokrates fütterte sie mit Babynahrung.

Das sollte jedoch die letzte menschlich anmutende Handlung des Killers gegenüber der Mutter sein.

***

186. KAPITEL

Raum M3
10:53 Uhr

Agent Baker war wieder alleine in Raum M3, wie jedes Mal, wenn Sokrates die leitenden FBI-Agenten an die Orte seiner Aktionen rief. Okeanos und Smith waren zur Lagebesprechung mit den SWAT-Teams gegangen. Van Dyke war nicht zu erreichen gewesen, Sunny konnte er aus Sicherheitsgründen nicht kontaktieren. *Nur im äußersten Notfall,* hatten sie ausgemacht.

Doch Baker war es gewohnt, alleine mit sich und seinen Computern zu sein, er mochte es sogar. Andere Menschen lenkten ihn ab. Fast schien es, als habe er über die Jahre so etwas wie Empathie für die technischen Prozesse in seinen konstruierten Gegenübern entwickelt – eine Gabe, die ihm gegenüber Menschen abhandengekommen war, wenn er sie überhaupt jemals in einem nennenswerten Maße besessen hatte. Baker war davon überzeugt, dass Computer nur in einer vorgegebenen Weise funktionieren konnten, es waren die Menschen, die sich diesen Prozessen letztendlich unterordnen mussten, um an ihr Ziel zu gelangen, nicht andersherum. Das machte diese technischen Wunderwerke für den Informatiker zu sympathischeren, verlässlicheren Wesen als die Menschen, die sich so oft plötzlich und wider alle Erwartungen gegen einen wendeten. Genau genommen konnten Computer überhaupt keine Erwartungen enttäuschen, es war der Mensch, der sich selbst enttäuschte. Das war Baker sehr bewusst, und es sorgte dafür, dass er Misserfolgen oder Sackgassen wie der, in der er sich jetzt gerade befand, stets mit einer gewissen Demut begegnete.

Baker wollte proaktiv sein, nicht den Ereignissen hinterherlaufen. Er nahm einen Schluck Kaffee, blickte auf die stetig wechselnden GPS-Positionen von Sokrates' Hardware und ließ seine Gedanken schweifen.

Plötzlich formte sich etwas in seiner Wahrnehmung. *Das ist es, die Erde ist ja eine Kugel und nicht flach. Sokrates schreibt etwas auf die Weltkugel!*

Er drehte sich zu dem Hologrammtisch herum und ließ diesen den Globus in perfekter 3D-Manier projizieren. Schnell hintereinander tippten seine Finger mehrere Aufgaben für den Rechner ein. Die Punkte sollten in allen erdenklichen Kombinationen optisch miteinander verbunden werden. Ein leichter Druck auf die Touchscreen-Entertaste startete den Prozess, während im gleichen Moment das Telefon zu klingeln begann.

„Agent Baker am Apparat."

„Agent Baker, hier ist van Dyke. Ich habe Neuigkeiten für Sie." Der Anrufer klang aufgeregt.

„Sehr gut, ich höre."

„An die Firmeninformationen der *Cyber-Incorporation IBC* ist leider nicht heranzukommen, aber ich habe drei interessante Dinge herausgefunden. Erstens ist Springfield, der Inhaber der Servicecompany, nicht wirklich verschollen, sondern hat sich offensichtlich für vier Wochen abgesetzt. In seinem Terminkalender steht, er solle morgen einen Notar in Washington anrufen. Alle anderen Termine der letzten Wochen wurden abgesagt."

„Woher wissen Sie das, ist er zurückgekehrt?"

„Nein, sagen wir einfach, ich habe das zufällig erfahren."

„Wie sicher ist die Quelle?"

„Hundertprozentig. Vertrauen Sie mir. Ich habe meinen Arsch dabei riskiert."

„Haben Sie den Namen dieses Notars?"

„Es ist die Kanzlei *Notar Aquilla & Partners, Washington, D.C.* Die Telefonnummer ist 1-202-332-3320."

„Was hat das mit der Cyber-Incorporation IBC zu tun?"

„Diese Daten befinden sich in der Akte zu der Firma."

Die Sache wurde immer undurchsichtiger. Woher hatte van Dyke diese Akte?

„Und die haben Sie in Ihrem Besitz?"

„Ja. Bitte fragen Sie jetzt nicht, wie ich sie bekommen habe. Also, es sind diese Kontaktdaten, der Eintrag in seinem Terminkalender, morgen dort anzurufen, und ein versiegelter Brief. Den habe ich allerdings nicht geöffnet."

„Ein Brief? Haben Sie den vorliegen?"

„Ja. Soll ich ihn öffnen?"

„Ist es ein frankierter Brief oder nur ein Umschlag?"

„Ein Umschlag."

Die Verletzung des Brief- und Postgeheimnisses war eine Straftat, ohne eine Briefmarke konnte die Unterlage jedoch als schlichtes Dokument gewertet werden. Baker wusste ja nicht, dass van Dyke bereits ein viel gravierenderes Vergehen begangen hatte.

„Okay, machen Sie ihn auf."

Die Telefonleitung übertrug überraschend deutlich das Knistern des Tausende von Kilometern entfernten Umschlags.

„Das glaube ich jetzt nicht! In dem Brief befindet sich die Anweisung, mich zu kontaktieren, die Verbindung zwischen der Sokrates Serials IBC und der Cyber-Incorporation IBC offenzulegen und Kopien der Geschäftsregistrierung an den Notar weiterzuleiten. Das ist sehr ungewöhnlich. Normalerweise wollen die Inhaber genau diese Dinge aus steuerlichen Gründen geheim halten." Van Dykes Stimme verriet, dass ihn der Inhalt des Umschlags überraschte.

„Wer hat unterschrieben?"

„Niemand, da ist keine Unterschrift."

„Ein Datum?"

„Ja. Schon wieder der 15. März, an dem Tag ist Springfield verschwunden."

„Also hatte er an diesem Tag Besuch. Haben Sie Kontakt zur Immigrationsbehörde? Ich meine, Sie haben ja bereits so einiges herausgefunden."

„Wie gesagt, fragen Sie mich nicht, wie. Nein, hab ich leider nicht. Was brauchen Sie von denen?"

„Könnte sein, dass es ein sehr kurzer Besuch war: Ankunft, Meeting, Abflug. Genau solche Kurzurlauber würde ich überprüfen lassen. Vielleicht haben wir ja Glück."

„Ich denke, da haben Sie bessere Möglichkeiten über das FBI."

„Da haben Sie recht. Ich werde das einleiten. Aber vielen Dank. Sie haben uns sehr geholfen. Falls Sie irgendwelchen Ärger bekommen, melden Sie sich."

Baker legte auf.

Wieso will Sokrates ab morgen diese Informationen offenlegen?

Er wählte die Nummer: 1-202-332-3320. Nach drei Klingelzeichen meldete sich die Mailbox: *„Notar Aquilla & Partners, Sie rufen außerhalb der Geschäftszeiten an. Bitte hinterlassen Sie Namen und Rufnummer und wir werden Sie umgehend zurückrufen."*

Wie aufgefordert, diktierte er brav auf den Stimmenrekorder: „Hier spricht Agent Baker vom FBI. Es geht um eine äußerst dringende Angelegenheit, die ich mit Ihnen besprechen muss. Bitte rufen Sie mich unter der folgenden Rufnummer zurück: 202-324-3000."

Baker legte wieder auf. Er war nachdenklich. Das alles passte nicht zusammen. Irgendetwas musste Sokrates für heute geplant haben, das die Situation für morgen maßgeblich verändern würde.

Aber was kann das nur sein? Ich muss unbedingt diesen Notar erreichen.

***

187. KAPITEL

Privathaus Troy Turner
11:23 Uhr

„Bitte bedienen Sie sich selbst beim Kaffee."

Turners Stimme war dünn und müde. Wie jeder gute Gastgeber hatte er in der letzten Stunde Dinge für seine von Sokrates eingeladenen Gäste vorbereitet. Er tat das sogar richtig gerne, denn damit konnte er sich ablenken. Mittlerweile waren alle angekommen: die Spezialagenten Okeanos und Smith, Dr. Blumberg, Agent Hanssen und Agent Wang vom IT-Department, Jack Farrow und Michael von Karlsberg. In seiner derzeitigen Verfassung war ihm die vertraute Begrüßung zwischen Okeanos und von Karlsberg nicht aufgefallen – wohl aber Smith und dem FBI-Psychologen.

Die Techniker stellten mehrere Laptops auf und vernetzten diese über eine sichere Funkverbindung. Wie auf einer Cocktailparty bildeten sich kleine Grüppchen, die kurz vor Episode V ihre Nervosität mit Smalltalk zu bekämpfen versuchten. Die Beamten waren darauf geschult, keine Unruhe auf den Partner einer entführten Person zu projizieren und sich auch in schwierigen Situationen so normal wie möglich zu verhalten. Dr. Blumberg hatte bestätigt, dass Turner gefasst wirkte, es war also offenbar keine weitere psychologische Intervention zur Beruhigung des Mannes nötig.

Okeanos stand mit den IT-Kollegen zusammen im Wohnzimmer und prüfte die technischen Vorkehrungen, während der Mediziner von Smith in ein Gespräch über Kaffeemaschinen verwickelt wurde.

Turner blickte ununterbrochen zu von Karlsberg hinüber, bis er ihn schließlich ansprach.

„Michael, darf ich dich kurz sprechen, alleine?"

Von Karlsberg blickte fragend zu Okeanos, die ihm zu-
nickte. Daraufhin gingen die beiden Männer auf die Terrasse,
die mittlerweile von einer freundlichen Sonne gewärmt wurde.

„Michael, ich muss mich bei dir noch einmal entschuldigen."

„Wofür?"

„Für alles. Ich kann jetzt dein Leid wirklich nachempfin-
den."

„Du glaubst, du kannst das? Deine Frau und dein Kind
leben noch. Und das FBI versucht alles, damit das so bleibt.
Wir zwei leben nach wie vor in sehr unterschiedlichen Welten."

Troy Turner wunderte sich über diese Reaktion. Obwohl
sie sachlich natürlich korrekt war, entbehrte sie jeden Mitge-
fühls seiner aktuellen Situation gegenüber. *Meine Frau steht
offenbar kurz vor einer Vergewaltigung, um Himmels willen!* Dies
war aber nicht der richtige Zeitpunkt, um von Karlsberg wegen seiner Gefühllosigkeit anzugreifen. Vielmehr wollte Troy
etwas loswerden, das ihm schwer auf der Seele lag.

„Ich weiß das, natürlich, es geht mir um etwas anderes.
Ich meine den Umstand, dass die Privatsphäre eines Menschen, schlimmer noch, eines leidenden Menschen, zum Gegenstand von Voyeurismus wird. Ich verstehe jetzt, was du
meinst. Mein Gott." Ihm standen die Tränen in den Augen.
„Dieser Wahnsinnige kündigt an, in dreißig Minuten meine
Frau online zu vergewaltigen, und in jeder Sekunde steigt die
Anzahl der Zuschauer. Ich fühle mich so hilflos und gleichzeitig angewidert. Was ist das für eine Gesellschaft, in der
wir leben?"

„Was hat das mit deiner Entschuldigung zu tun?"

Von Karlsberg blieb kühl, fast ablehnend. Doch Turner
sprach weiter, wobei ihm anzusehen war, wie schwer ihm
die Worte fielen.

„Ich … ich habe den Tod deiner Familie aufgenommen und online gezeigt. Ich fühle mich so, als ob ich damit diesen Wahnsinn, den wir gerade erleben müssen, erst ins Rollen gebracht hätte. Ich fühle mich schuldig. Ich will dafür um Verzeihung bitten, dass ich die Privatsphäre deiner Familie so rücksichtslos missachtet habe. Das ist es, was ich heute nachfühlen kann."

Turner blickte zu Boden, wischte sich die Tränen ab und hatte dann genügend Kraft, durch einen klaren, geraden Blick in von Karlsbergs Augen die Aufrichtigkeit seiner Abbitte zu unterstreichen.

„Troy, manche Dinge klären sich erst am Ende einer verwirrenden Reise auf. Ich weiß jetzt, dass du in die richtige Richtung gehst. Noch bist du nicht angekommen, aber das wirst du sehr bald. Ich nehme deine Entschuldigung an. Aber jetzt wird es Zeit für dich, auch dich selbst um Verzeihung zu bitten. Und dir diese zu gewähren, wird sehr viel schwieriger sein, als die meine zu erlangen – besonders, weil du dich noch einer Frage stellen musst." Von Karlsberg blickte Turner streng an. „Warum hast du aus dem unendlichen Leid meiner Familie diese unmenschliche Showsendung gemacht?"

Troy Turner war für einen Augenblick wie versteinert.

„Wende dich nicht von dieser Frage ab, egal, wie schmerzvoll die Beschäftigung damit sein wird. Sonst wäre alles umsonst gewesen."

Turner nickte. Dieser letzte Satz wühlte ihn bis in sein Innerstes auf. Michaels Worte waren klar und deutlich. Turner wusste, dass er dieser Selbstkonfrontation nicht aus dem Weg gehen konnte. Er wusste aber nicht, wie viel mehr Sinn in von Karlsbergs Aussage verborgen war. Noch nicht.

***

188. KAPITEL

Privathaus Sunny
08:26 Uhr Ortszeit, 11:26 Uhr in Washington, D.C.

Sunny hatte nur drei Stunden Schlaf gefunden, und auch der war sehr unruhig gewesen. Ihr kreisten immer wieder neue Überlegungen durch den Kopf, um sich, fast abgeschlossen, mit weiteren Ideen zu endlosen Gedankensträngen zu verknüpfen. Die Hackerin war emotional stark involviert, sie fühlte sich beunruhigt und ohne wirklichen Erfolg im Fall Sokrates. Noch vor zwei Tagen war ihre Welt eindeutig geordnet gewesen: schwarz und weiß, gut und böse. Jetzt stand ihr Wertesystem Kopf, gleichzeitig schlichen sich längst vergessene Gefühle für Baker in ihr Bewusstsein und das sonst so spielerische Manipulieren des World Wide Webs wurde plötzlich zu einem Wettlauf mit einem Mörder. Die Brutalität der realen Welt, der sie in dem scheinbar geschützten virtuellen Raum sonst entfloh, drang nun gerade hier Klick für Klick, Bild für Bild, Video für Video langsam, aber unaufhaltsam, in ihren Geist ein und blieb dort haften. Plötzlich waren es nicht mehr zwei unterschiedliche Welten, in denen sie sich bewegte. Das spürte Sunny. Und genau das machte ihr Angst.

Sie schlürfte gerade an ihrem Orangen-Apfel-Ingwer-Drink, als endlich eine Erfolgsmeldung die junge Frau erreichte:

SOKRATES HOLDING LTD HONG KONG CRACKED

Einem ihrer besten Hacker war es gelungen, in den im Revenue Tower stehenden Server des *Inland Revenue Depart-*

ments einzudringen. Damit lagen Sunnys Team jetzt Bilanzen, Beteiligungen und andere Daten der Firma offen.

Die Hackerin war hellwach und schlagartig wieder voller Tatkraft und Zuversicht. Sofort folgte die zweite Nachricht:

2 MORE TELEPHONE PROVIDERS IN WASHINGTON, D.C.
CRACKED

Ein weiterer Energieschub durchströmte ihren Körper. Sie blickte auf den Stadtplan von D.C. Dort blinkten die IDs von drei Brillen. Alle Geräte waren im Verizon-Netzwerk lokalisiert und befanden sich in der Dumbarton Street, an der Adresse, die ihr Baker bereits als Turners Privathaus mitgeteilt hatte.

Wenn Sokrates jetzt einen Fehler macht, haben wir ihn!

***

189. KAPITEL

Privathaus Troy Turner
11:40 Uhr

Punkt 11:40 Uhr, 900 Sekunden vor Start der Episode V, drehten einmal mehr alle Telefone durch und beendeten die vorgebliche Ruhe in der Dumbarton Street. SMS und E-Mails ließen sämtliche Geräte vibrieren, trommeln und eine Vielzahl synthetischer Klänge von sich geben.

Auch Okeanos' Telefon klingelte. „Es geht los!"

Die IT-Agenten gaben ihr ein Okay-Zeichen. Sie nahm das überwachte Gespräch an.

Sokrates' verzerrte Stimme erklang wie die Male zuvor langsam und ohne Eile.

„Guten Morgen, Special Agent Okeanos. Ich hoffe, Sie haben gut geschlafen."

„Ich habe es versucht. Ihre Ankündigung bereitet uns aber Kopfzerbrechen. Was hat Troy Turners Familie mit dem Banküberfall zu tun? Es sind unschuldige Menschen. Wieso machen Sie weiter mit Ihren Quälereien?"

„Alles hat eine Bedeutung. Hier sind die Regeln: Erstens, Troy Turner bleibt zu Hause. Ich kann keinen durchgedrehten Vater und Ehemann brauchen, der den Helden spielen will. Zweitens, Herr von Karlsberg und Jack Farrow werden ihm Gesellschaft leisten. Ich werde die GPS-Positionen der Brillen permanent im Auge behalten. Die drei Herren werden um genau 12:20 Uhr von mir kontaktiert werden und bekommen dann ihre Aufgaben. Dazu müssen sie die Brillen aufhaben und ich will alle drei im Haus von Herrn Turner sehen, sonst wird seine Frau umgebracht!"

„Sokrates, bitte, lassen Sie uns –"

„Unterbrich mich nicht, du Schlampe!" Zum ersten Mal verlor Sokrates offenbar die Fassung und wurde vulgär. Dr. Blumberg machte umgehend eine Notiz in sein kleines Büchlein.

„Um 12:00 Uhr beginnt die Show. Wenn die bösen Zuschauer so wollen, wird es auch etwas mehr werden, als bis jetzt geplant ist. Aber das liegt jetzt nicht mehr in meinen Händen."

Troy Turner wurde bleich. „Was meinen Sie damit, *auch etwas mehr*?", schrie er. Es war ihm gleichgültig, dadurch den Umstand aufzudecken, dass andere Personen mithörten.

„Ach, Sie sind wohl der Vater der Kleinen? Na, schauen Sie einfach um 12:00 Uhr auf die Webseite und Sie werden die Antwort auf Ihre Frage bekommen."

Der Vater? „Wieso sagen Sie ‚der Vater'? Was ist mit meinem Kind?"

Genau wie am Abend zuvor in Episode IV erklang plötzlich der gellende Schrei des Kindes und fuhr jedem in Turners Haus in die Glieder.

„Tracy!", brüllte Troy Turner in den Lausprecher. „Los, sprechen Sie mit mir. Wie geht es meinem Kind?" Der Anblick des Vaters war herzzerreißend.

„Noch geht es dem entzückenden Mädchen gut. Ach, ich verstehe. Sie dachten, die Mutter sei dran. Da muss ich Sie enttäuschen. Herr Turner, beten Sie darum, dass die Zuschauer nicht für die Tötung votieren."

Okeanos hielt sich geschockt die Hand vor den Mund.

„Ich bringe dich um, wenn du sie anfasst, das schwöre ich, du perverses Dreckschwein", schrie Turner.

„Und haltet euch an die Regeln, dann sieht du, Turner, zumindest deine Frau fast unversehrt wieder."

Es klickte.

Keiner der Anwesenden konnte jetzt noch die Fassung bewahren.

„Sagen Sie, dass das nicht wahr ist. Ich habe das falsch verstanden. Er wird nicht an meinem Kind Hand angelegt?"

Niemand wusste darauf zu reagieren. Aber die Aussage war eindeutig gewesen, es war nicht Frau Turner, die in wenigen Minuten ihrem Peiniger ausgeliefert werden sollte. Es war das achtjährige Kind.

***

190. KAPITEL

Washington, D.C. – Unbekannter Ort
11:44 Uhr

Der professionell ausgeleuchtete Raum sah aus wie eine Folterkammer, allerdings mit modernen Utensilien, die ein Mensch ohne diesen Fetisch aber als genauso abstoßend und gefährlich empfinden musste, wie die aus dem Mittelalter bekannten Geräte. An zwei Wänden waren diverse Hand- und Fußschellen festgeschraubt, dazwischen ein mannshohes Kreuz aufgehängt und die Freiräume zierten fein säuberlich nach Größen geordnete Peitschen, Geiseln und Schlagstöcke. Wie in einem Museum spannte sich circa einen Meter vor den kalten Betonwänden eine rote Kordelabsperrung und definierte ab dem Eingang, der aus einer Industriemetall- doppeltüre bestand, einen den gesamten Raum umlaufenden Korridor.

Von der Decke hingen mehrere auf das Zentrum des Raumes ausgerichtete Kameras und zeichneten die letzten Vorkehrungen an einem gefesselten Wesen auf, die von einer maskierten Person äußerst routiniert durchgeführt wurden. Der nackte Körper hatte sich problemlos auf die Bank binden lassen und die zierlichen Hände wurden jetzt genau wie der Kopf fest in dem Metallpranger justiert. Schließlich wurde mit einem Gummiband die nun schon allzu bekannte Cyber- brille auf das herunterhängende Haupt gebunden. Noch war das perverse Bild nicht im Internet zu sehen. Doch binnen kurzem sollte es fast 200 Millionen jetzt noch unwissenden Neugierigen für immer in die Erinnerung gebrannt werden. Es waren noch 16 Minuten bis zum Start der Episode V.

***

191. KAPITEL

Privathaus Troy Turner
11:44 Uhr

Troy Turner wäre hyperventilierend im Wohnzimmer zusammengebrochen, wenn ihn Dr. Blumberg nicht auf die Terrasse geführt hätte. Auch er selbst war fürchterlich erschüttert und versuchte, den Vater zu beruhigen. Turner zeigte alle Symptome einer Panik. Sein Herz schlug wild, über sein Gesicht legte sich eine todesähnliche Blässe, der Atem ging schwer, die Nasenflügel weiteten sich, seine Augen traten hervor und auch die Pupillen erweiterten sich. Schließlich brach sich seine Angst in einem fürchterlichen Schrei Bahn. [3] Danach fing sich der Journalist wieder etwas und starrte den Psychiater regungslos an.

„Es ist gut, ich bin wieder okay", sagte er schließlich.

Dr. Blumberg kannte diese Art der Reaktion nach einer ersten Panikattacke. In Notfallsituationen konnten selbst Personen mit schweren Angstzuständen rasch und umsichtig handeln, wenn es zum Beispiel galt, Angehörige aus einer lebensbedrohlichen Lage zu befreien. Die Betroffenen entwickelten dann übermenschliche Kräfte. Troy Turner schien genauso zu reagieren. Damit bestand nach Blumbergs Einschätzung die Gefahr, dass sich Turner gegen Sokrates' Anweisungen entscheiden könnte, selbst auf die Suche nach seiner Familie zu gehen. Das beunruhigte den Psychologen noch mehr.

„Dr. Blumberg, gehen wir wieder hinein. Ich will wissen, was weiter passiert."

Turner wurde einen kurzen Moment später Zeuge einer merkwürdigen Szene, die sich in seinem Arbeitszimmer abspielte. Dort stand Okeanos zusammen mit einer ihm unbekannten Person, beide waren, der Körpersprache nach zu urteilen, in eine heftige Auseinandersetzung verwickelt. Trotzdem führten die beide ihr scharfes Wortgefecht flüsternd, sodass sein Inhalt den Umstehenden verborgen blieb.

Dr. Blumberg ging zügig zu Smith hinüber, der noch immer neben der Kaffeemaschine stand.

„Was ist los?", wollte er von dem FBI-Kollegen wissen.

„Deputy Director MacCluskey ist äußerst ungehalten hier hereingekommen und diese seltsame Auseinandersetzung dauert jetzt schon mehrere Minuten an. Wir wissen auch nicht, worum es geht."

Es schien, als erhöhe der Puls dieses Tages seine Schlagzahl kontinuierlich weiter, um in immer kürzeren Abständen neue Hiobsbotschaften auszuspucken. Der nächste Tiefschlag sollte unmittelbar darauf folgen.

***

11:47 Uhr

„Das kannst du nicht machen! Ich stecke hier mittendrin. Und in Kürze geht Episode V los."

„Du hast mit einem Verdächtigen geschlafen. Jetzt reicht es mit deinen Eskapaden und Regelüberschreitungen. Du bist nicht mehr objektiv. Ich werde meine Anweisungen nicht ändern. Du bist bis auf weiteres vom Dienst suspendiert."

Kurz zuvor hatte er das Video ihres gestrigen Liebesaktes angespielt. Alle Daten der FBI-Handys wurden automatisch mithilfe einer Cloud-Applikation der neuen FBI-IT-Abteilung synchronisiert. Das betraf auch Textnachrichten, Fotos und Videos. Okeanos war erschüttert und äußerst beschämt. Eine Aufzeichnung ihres Liebeslebens war fremden Menschen zugänglich gemacht worden. Doch ihr größtes Problem war in diesem Moment, dass MacCluskey ihr den Sokrates-Fall mit sofortiger Wirkung entzogen hatte.

„Das akzeptiere ich nicht!" Damit übertrat sie eine Grenze und MacCluskey musste Konsequenzen ziehen. Er wurde so laut, dass alle es hören konnten.

„Special Agent Okeanos, Sie sind ab sofort vom Dienst suspendiert. Geben Sie Marke, Ausweis und Dienstwaffe ab. Und verlassen Sie augenblicklich den Raum, hier finden FBI-Ermittlungen statt."

Selbst tief bewegt, rief er einen anderen Kollegen an. „Special Agent Smith, Sie leiten ab sofort die Ermittlungen.

MacCluskey gab durch das Fenster zwei Männern in schwarzen Anzügen ein Zeichen und diese betraten unverzüglich das Haus und schickten sich an, die suspendierte Agentin zum Fahrzeug zu eskortieren. Okeanos schüttelte fassungslos den Kopf.

„Du machst einen riesigen Fehler!" Trotzdem händigte sie die angeforderten Gegenstände aus und ging sichtlich wütend in Richtung Haustüre.

„Special Agent Okeanos! Was geht hier vor?", rief ihr Michael von Karlsberg hinterher. Die formelle Anrede klang in ihren Ohren einfach falsch nach der letzten Nacht.

Noch bevor er zu Ende gesprochen hatte, blieb sie stehen und wollte ihm eine Erklärung geben.

„Ich melde mich, sobald ich –"

Doch der Deputy Director ging erbost dazwischen.

„Sie haben ihr das mit eingebrockt. Ich verbiete bis auf weiteres jeden Kontakt zwischen Ihnen beiden. Halten Sie sich daran, wenn Sie nicht beide große Probleme bekommen wollen!"

Okeanos wandte sich ab.

Danach sprach MacCluskey direkt Troy Turner an.

„Ich gehe davon aus, dass Sie Herr Turner sind?"

Der Journalist nickte verstört.

„Es tut mir schrecklich leid, aber ich hatte keine andere Wahl."

„Wieso wird sie vom Dienst suspendiert, gerade jetzt?"

„Das kann ich Ihnen jetzt nicht erklären. Seien Sie jedoch versichert: Sie sind bei meinem Kollegen hier trotzdem in besten Händen! Herr Turner, unter den jetzigen Umständen muss ich Sie fragen, ob Sie einen Sicherheitsbeamten hier im Haus haben wollen?"

„Ich verstehe nicht?"

„Zu Ihrem eigenen Schutz. Der Fall ist nicht aufgeklärt. Es gibt viele Verdächtige."

Jetzt verstand Turner, dies war eine Anspielung auf von Karlsberg. Aber der war seines Wissens entlastet.

„Nein." Er blickte zu von Karlsberg. „Mir ist es lieber, Ihre Männer bleiben vor dem Haus."

„Wie Sie wünschen."

Smith stand wie alle anderen höchst betroffen im Raum.

„Deputy Director, ich will eine Erklärung für das, was hier vor sich geht!"

„Bekommen Sie später. Ab jetzt sind Sie verantwortlich."

„Aber –"

„Ich habe mich klar ausgedrückt. Auf Wiedersehen."

Die unerwarteten Besucher folgten der entmachteten Beamtin und stiegen mit ihr in eine Limousine.

Smith blieb nichts anderes übrig, er musste die Führung übernehmen. Zum Nachdenken blieb keine Zeit.

„Okay, es geht weiter. Bitte alle konzentriert bleiben. Diesen Vorfall klären wir später."

***

EPISODE V - BETEILIGE
11:55 Uhr

192. KAPITEL

Privathaus Troy Turner
11:55 Uhr

2̲01.004.765 stand als Besucherrekordzahl auf Sokrates'
Webseite, kurz bevor die letzten Sekunden abgezählt wurden. Troy Turner starrte ohne jede erkennbare Gefühlsre-
gung auf den Bildschirm.

„Sie müssen sich das nicht ansehen", warnte Dr. Blumberg.

„Was für ein Vater wäre ich, wenn ich mein Kind dabei alleine lassen würde?"

DREI – ZWEI – EINS

Episode V begann. Die Grafik war leicht verschwommen,
wie mit einem Milchglas überlegt. Man konnte jedoch un-
schwer die Hälfte des Prangers und den darauf liegenden
Körper erkennen sowie die übergewichtige Silhouette eines
halbnackten, vor dem Kopfende stehenden Menschen. Sokrates' Webseite kam gleich in den ersten Sekunden auf den
Punkt und gab die Regeln bekannt.

Troy Turner mochte seinen Augen nicht trauen, denn der
Mörder benutzte seinen eigenen Slogan:

SEIEN SIE MITTENDRIN UND NICHT AUSSEN VOR!
UM EPISODE V OHNE STÖRENDE FILTER SEHEN ZU KÖNNEN,
MÜSSEN SIE SICH EINLOGGEN.
DANACH HABEN SIE FÜNF FREIMINUTEN.
NACH DIESEN FREIMINUTEN WIRD DIE ÜBERTRAGUNG
KOSTENPFLICHTIG.
JEDOCH VERLANGEN WIR NUR 1 US-DOLLAR.

WIR AKZEPTIEREN ALLE KREDITKARTEN.
WARNHINWEIS: EPISODE V WIRD EXPLIZITE SZENEN MIT
MINDERJÄHRIGEN ZEIGEN.

Was er danach las, überforderte seine Verarbeitungsme-
chanismen. Troy Turner taumelte und ließ sich in einen
Couchsessel fallen, wo er unverständlich in sich hineinzu-
murmeln begann.

FÜR NUR EINEN US-DOLLAR ERLANGEN SIE ZUDEM DIE
MACHT, MIT ÜBER LEBEN UND TOD ZU ENTSCHEIDEN.
SIE WERDEN IN DER LAGE SEIN, INTERAKTIV DEN VERLAUF
MITZUBESTIMMEN.
MIT IHRER STIMME ENTSCHEIDEN SIE DARÜBER, WAS
PASSIEREN SOLL:

SCHÄNDUNG UND LEBEN
SCHÄNDUNG UND TOD

„Agent Wang, loggen Sie sich sofort ein", wies Smith seinen Kollegen an.

Turner war totenbleich. Wie ein Mantra wiederholte er
fassungslos immer wieder die Worte: „Er will die Zuschauer
über das Leben meiner Tochter entscheiden lassen."

Jetzt startete zum ersten Mal die verschwommene Einstel-
lung aus der Kamerasicht des Kindes. Der nackte Peiniger
ging langsam auf sein Opfer zu. In diesem Moment der totalen Hilflosigkeit schrie plötzlich Agent Hanssen in für ihn
völlig untypischer Emotionalität auf: „Ich habe ein neues
Gerät geortet! Wir haben ihn!"

Auf dem digitalen Stadtplan des Überwachungscompu-
ters blinkte nördlich der Dumbarton Street die ID einer vierten Cyberbrille auf. Smith blickte auf den Bildschirm und
verglich den Zeitpunkt der neuen Webseiteneinspielungen
mit dem Erscheinen der Ortung.

„Das könnte auch Zufall sein, wartet noch ab", warnte er vor einem vorschnellen Einsatz.

Auf der Webseite wurde die nächste neue Kameraeinstellung eingespielt, diesmal die Sicht des Vergewaltigers, und genau in diesem Moment blinkte eine weitere Brillen-ID am selben Ort auf. Agent Smith klatschte in die Hände.

„Wir haben das Schwein!"

Über die Standleitung zum Innenteam gab er den Startschuss für das Rennen um Leben und Tod. „Agent Baker, Sie sehen den Zugriffsort. Geben Sie die Adresse an alle Einsatzkräfte!"

„Verstanden." Baker bestätigte die Anweisung.

Sofort kam Hektik auf. Agent Wang begann eilig, die IT-Utensilien einzupacken, als Michael von Karlsberg einen Schritt in Richtung von dessen Laptop machte und offensichtlich versuchte, die Position der Brillen auf dem Bildschirm auszumachen. Er wurde aber durch den neuen Einsatzleiter sofort gestoppt. Smith stellte sich ihm in den Weg.

„Es ist besser, Sie wissen nicht, wo das ist. Sie haben Sokrates' Anweisungen gehört: Sie bleiben hier. Es wird ein Team zu Ihrem Schutz vor dem Haus bleiben. Diese Männer werden auch darauf achten, dass Sie das Gebäude nicht verlassen." Dann blickte er warnend zu dem Hausherrn. „Herr Turner, spielen Sie nicht mit dem Leben Ihrer Tochter!" Noch während er sprach, rannte er zur Türe. „Beeilung! Dr. Blumberg, Sie kommen mit. Wir werden Sie vor Ort bestimmt brauchen", wies Smith zuletzt noch den Arzt an und zog damit auch den letzten FBI-Beamten aus dem Haus ab.

***

193. KAPITEL

Wie schon dreimal zuvor starteten mehrere schwarze Wagen ihre getunten Motoren und vereinten sich mit quietschenden Reifen zu einem donnernden Konvoi. Aus dem FBI-Headquarter machten sich drei weitere schwerbewaffnete Human-Rescue-Teams auf den Weg in die Connecticut Street, zu einem noch unbekannten Gebäude zwischen Newark und Ordway Street. Diesmal erhob sich nur ein Helikopter, um den Einsatz aus der Luft zu unterstützen, dieser jedoch war besetzt mit Profis einer Luft-Boden-Einheit, die darauf spezialisiert waren, Ziele aus der Luft mit Präzisionsschüssen an der Flucht zu hindern. Sokrates hatte alle Tabus gebrochen. Er hatte Zivilisten und Beamte abgeschlachtet und jetzt hatte dieser Unmensch auch noch vor, sich öffentlich an einem Kind zu vergehen. Der Status eines Menschen war ihm in den Köpfen seiner Verfolger inzwischen längst abgesprochen worden. Sokrates war für sie Freiwild und zum Abschuss freigegeben.

**

194. KAPITEL

Privathaus Troy Turner
11:57 Uhr

Für einen Moment herrschte vollkommene Stille im Haus. Die drei zurückgelassenen Zivilisten blickten sich ratlos an. Jeder dieser Männer war es gewohnt, Entscheidungen zu treffen und durchzusetzen. Nun waren sie in dieser Extremsituation durch eine synthetische Computerstimme zum Nichtstun verurteilt worden. Es war förmlich im Raum zu spüren, wie sich die Spannung immer weiter aufbaute und die drei Männer in eine seltsame Schwingung versetzte.

Plötzlich hastete Troy Turner in sein Arbeitszimmer und sprach dabei aus, was in der Luft lag: „Ich werde dieses Tier jagen, ich werde es umbringen!"

Dort ergriff er MacBook und iPad und steckte sich dabei schnell etwas in seine Hosentasche: ein Klappmesser, das mit seiner extrem scharfen 124-Millimeter-Fleischermesserklinge lang genug war, um bei einem Überraschungsangriff eine tödliche Wunde zu verursachen. Und genau das wünschte sich Turner in diesem Moment.

Ins Wohnzimmer zurückgekehrt, klappte er den Laptop auf, weckte sein iPad aus dem Ruhezustand und loggte sich mit beiden Geräten in die Webseite ein. Die Bilder, die er dort erblickte, zerrissen ihm das Herz. In einer Großaufnahme, die nur den Ausschnitt eines Rückens zeigte, schlug wiederholt eine Peitsche auf und hinterließ rote Striemen. Die Zahl der eingeloggten Zuschauer kletterte in Hunderterschritten nach oben.

„Ich kann hier nicht so rumstehen. Michael, du verstehst das, oder? Ich muss dorthin. Hast du vorhin gesehen, wo das ist?"

Von Karlsberg zögerte keine Sekunde.

„Nur ungenau, es ist irgendwo nördlich von hier. Es war mir aber unmöglich, den genauen Ort zu erkennen", teilte er mit resignierter Stimme mit.

Turners Gesicht verdunkelte sich nach dieser Antwort noch mehr. Er sah vollkommen verzweifelt aus.

„Das ist doch auch vollkommen irrelevant. Sokrates will, dass wir hierbleiben. Wir haben keine Wahl. Du würdest doch sowieso nicht riskieren, dich der Anweisung zu widersetzen, oder, Troy?", versuchte Farrow die hilflose Situation herunterzuspielen.

Plötzlich schrie von Karlsberg auf.

„Oh mein Gott, wieso habe ich daran nicht früher gedacht. Troy, ich habe eine Idee, wie wir an den Standort kommen können. Obwohl ich dadurch ein gut gehütetes Geheimnis preisgeben muss ..."

Farrow blickte ihn überrascht an, während Turner wie gefesselt weiterhin auf den Bildschirm starrte.

„Was meinen Sie damit?", fragte Farrow skeptisch.

„Hört zu, ich kenne die Cyberbrillen aus der einschlägigen Sexclubszene in Berlin. Ich habe das auch Okeanos gestern schon offenbart. Vielleicht ist das der Grund, warum sie suspendiert worden ist. Bitte, vertraut mir jetzt. Ich erkläre euch die Details später. Jedenfalls kann ich genau wie das FBI diese Brillen orten."

„Wie bitte?" Nun blickte auch Turner erstaunt von den schrecklichen Bildern auf.

„Alle diese Brillen senden ein Signal an eine Community, die über die Herstellerfirma verbunden ist. Gleichgesinnte Personen können sich darüber finden. Hier, ich zeige es euch."

Er ergriff das iPad und tippte in beeindruckender Geschwindigkeit eine Internetadresse ein. „Diese Brillen wurden neben der ursprünglichen Zielgruppe von Videospielern auch sehr bald von Anhängern einer Art Onlinesex für sich entdeckt. Das hat der Hersteller als Geschäftschance erkannt und eine Dating-Plattform für diese Kunden eingerichtet. Hier könnt ihr es selbst sehen."

Er hielt den überraschten Journalisten das Tablet hin. Die japanische Webseite besaß ein Login-Feld, das von Karlsberg nun mit Daten füllte.

„Ich bin hier Mitglied. Die Plattform habe ich allerdings nicht mehr besucht, seit ich Berlin verlassen habe."

Troy Turner war die ganze Sache zwar suspekt, in der Angst um seine Tochter war er jedoch bereit, alles zu akzeptieren, was ihm eine Möglichkeit zum Handeln bot. Jack Farrow hingegen hatte Einwände.

„Woher kennen Sie diese Einrichtung, haben Sie gesagt?"

„Mein Gott, lassen Sie uns jetzt nicht durch lange Erklärungen unnötig Zeit verlieren. Ich hatte nach dem Tod meiner Frau eine sexuelle Störung. Diese Brillen werden für Onlinespiele und für Onlinesex verwendet. Bei mir war es Letzteres. Sind Sie jetzt zufrieden?"

Diese Offenheit war ihnen beiden offenbar Beweis genug. Selbst Jack Farrow hatte keine weiteren Einwände.

Unmittelbar nach dem Einloggen poppte eine Suchmaske auf und nach der Angabe des Landes gab Michael WASHINGTON, D.C. als gewünschten Ort ein und drückte ENTER. Die zwei Sekunden des Suchens erstreckten sich wie eine kleine Ewigkeit, bis endlich ein Ergebnis erschien.

„Hier haben wir es, drei Brillen. Und hier, zwei weitere Geräte, das muss es sein. Oh mein Gott, das ist ja ganz in der Nähe meines Anwesens!"

Turner stand der Schweiß auf der Stirn. „Ich muss sofort dorthin!"

„Aber was ist mit den Brillen? Sokrates überwacht diese hier. Und das FBI steht vor der Tür, wir kommen hier nicht weg!" Farrow hatte immer noch Einwände.

Von Karlsberg blickte auf seine Uhr. „Wir haben siebzehn Minuten, bis Sokrates uns um 12:20 Uhr kontaktieren wird. Diese Koordinaten sind keine zehn Minuten von hier entfernt. Können wir das Haus durch eine Hintertüre verlassen?"

„Ja, durch den Garten. Es gibt eine kleine Türe vom Gartenhaus auf das Nachbargrundstück. Die beiden Grundstücke haben einmal zusammengehört. Von dort kommen wir zur O-Straße. Was hast du vor?"

„Wir schlagen Sokrates mit seinen eigenen Waffen."

Offensichtlich war von Karlsberg wirklich erfahren im Umgang mit den Cyberbrillen. Er tippte blitzschnell auf dem Menü eines der beiden Geräte herum und erklärte gleichzeitig sein Vorhaben.

„Man kann auf Wunsch die Geräte anstatt der Hersteller-ID eine persönliche Kennung senden lassen, meist ein Pseudonym, das man sich selbst aussucht. In diesem Menüpunkt kann ich aber auch die ursprüngliche Geräte-ID sehen. Hier! Sokrates hat diese Brillen ohne Passwort an uns geschickt, damit wir sie jederzeit aktivieren können. Dadurch sind die Geräte aber auch bezüglich der Onlinekonfiguration ungeschützt. Und falsche GPS-Positionen zu generieren, gehört als Standardtool zu dem Spiel. Genau das werde ich jetzt für jede dieser Brillen tun. Hier! Troy, bitte lies mir die Daten laut vor."

Doch bevor dieser von Karlsbergs Anweisung Folge leisten konnte, nahm ihn sein Geschäftspartner beunruhigt zur Seite.

***

195. KAPITEL

Raum M3
11:58 Uhr

In den letzten Minuten waren gleich zwei Meldungen bei ihm eingegangen, die Baker stark beschäftigten. Zuerst hatte er eine Nachricht von Sunny erhalten, er solle sie kontaktieren. Fast gleichzeitig war eine FBI-interne Information bezüglich des Falls Sokrates auf dem Messageboard erschienen. Und diese Information warf tausend Fragen auf.

SPECIAL AGENT OKEANOS BIS AUF WEITERES VOM DIENST
SUSPENDIERT.
SPECIAL AGENT SMITH ÜBERNIMMT AB SOFORT DIE
LEITUNG DER ERMITTLUNGEN.

Er selbst konnte Sunny aus Raum M3 nicht kontaktieren. Das war zu riskant. Trotz der gerade verkündeten Amtsenthebung leitete Baker deswegen den Inhalt von Sunnys Nachricht an seine suspendierte Kollegin weiter. Keine Sekunde später erschienen die neuen Brillen-IDs auf dem Washingtoner Stadtplan. Der dadurch ausgelöste Einsatzbefehl riss Baker aus seinen Spekulationen bezüglich der möglichen Gründe für Okeanos' vorübergehende Beurlaubung.

Sofort überprüfte er die neuen GPS-Daten: 38°56'05.47 N, 77°03'31.02 W.

In diesem Moment klingelte sein Telefon und er nahm den Anruf unverzüglich an.

„Agent Baker, hier ist Smith."

„Ich höre."

„Checken Sie das Gebäude und geben Sie uns alle vorhandenen Informationen durch. Baupläne, Elektrik, Inhaber, Fluchtwege, Kanalisationszugänge, straßenbauliche Aktivitäten, die unseren Zugriff einschränken könnten. Alles! Und lassen Sie um das Areal herum einen weitläufigen Ring aus Straßensperren errichten."

„Verstanden. Wird sofort erledigt. Es handelt sich übrigens um ein stillgelegtes Kino."

„Gut. Halten Sie mich auf dem Laufenden. Ende."

Die Hektik hatte sich über die Funkleitung in Raum M3 hinein übertragen. Reifenquietschen, aufgeregte Stimmen an Funkgeräten, das metallische Klacken, das das Einlegen von Munitionsmagazinen in Waffen anzeigte. Bakers Adrenalinspiegel stieg. Erst jetzt wurde ihm wirklich bewusst, dass Sunnys Idee gegriffen hatte. Die neuen Brillen waren gefunden worden, Sokrates und sein Opfer geortet. Auf Sokrates' Webseite gab es jedoch keinerlei Einspielungen von den drei alten Geräten. Die blinkten immer noch monoton in der Dumbarton Street auf, aber offensichtlich ohne eingeschaltete Kameras.

Der Agent loggte sich eilig in den Server des Stadtbauamts ein, um die verlangten Daten für den Einsatz zu besorgen.

***

196. KAPITEL

„Troy, mein Gott, das Ganze ist doch Wahnsinn. Außerdem kennst du ihn überhaupt nicht. Hast du den Hinweis des Deputy Directors nicht verstanden? Von Karlsberg ist ein Verdächtiger."

Jack Farrow flüsterte, aber sein Gesichtsausdruck war beschwörend.

„Ich kenne den Mann seit drei Jahren und die zwei intensivsten Erlebnisse meines Lebens, abgesehen von der Geburt meiner Tochter, hängen mit ihm zusammen. Ich vertraue ihm irgendwie. Außerdem hat er ein Alibi. Während der Einführung meiner Familie war er beim Joggen. Okeanos hatte das sofort abgefragt. Ich saß daneben, als die Meldung kam. Bei der Sache zwischen MacCluskey und Okeanos muss es um etwas anderes gehen. Aber mir läuft die Zeit davon! Meine Tochter wird seit drei Minuten live im Internet gequält. Wenn du nicht mitmachen willst, verstehe ich das. Ich muss es aber tun!"

Die Entschlossenheit stand ihm ins Gesicht geschrieben. Hier ging es nicht um eine unüberlegte Kurzschlusshandlung, das war sein fester Wille. Farrow blickte kurz zu von Karlsberg hinüber, der inzwischen alleine die Nummer eines der Geräte ablas und in den Laptop eingab.

„Es funktioniert, ich habe die erste Brille umgestellt. Was ist los mit euch? Die Zeit läuft!"

„Okay, ich bin dabei." Farrow klopfte Troy auf die Schulter und ging hastig zu von Karlsberg hinüber. „Hier ist meine Brille. Was soll ich vorlesen?"

197. KAPITEL

Fahrt Dumbarton Street – FBI-Headquarter
11:58 Uhr

Eine Minute zuvor hatte Okeanos eine SMS von Baker
erhalten:

SOFORT KONTAKT MIT MEINER INFORMANTIN
AUFNEHMEN. DIE NUMMER SOLLTEN SIE HABEN.

Die Nachricht war ein Lichtblick.

Anscheinend weiß Baker noch nicht, dass ich von dem Fall ent-
hoben bin, überlegte sie, *aber eigentlich steht das doch sofort im*
System und meine Zugangsdaten werden gesperrt. Merkwürdig.

Seit dem Empfang dieser Nachricht empfand die suspendierte Agentin die Fahrt zum FBI-Gebäude als doppelte
Qual. Sie war völlig hilflos und saß wie auf Kohlen. Auf ihrem Smartphone liefen die schrecklichen Bilder von Episode
V. Die gesamte Fahrt über hatte sie MacCluskey keines Blickes gewürdigt und jede Sekunde des Wartens machte sie
ungeduldiger. Endlich bog das Fahrzeug in das FBI-Parkhaus
ein. Kurz nach der Schranke gab Okeanos eine schroffe Anweisung.

„Halten Sie hier an. Sofort!"

„Mam?"

„Sie sollen hier halten, ich steige aus!"

Sie riss bereits die Türe auf und sprang aus dem Fahrzeug. Mit schnellen Schritten spurtete sie zu ihrem Porsche
hinüber, sprang hinein, legte einen Blitzstart hin und hinterließ den unangenehmen Geruch von verbranntem Gummi in
der Parkgarage. Noch in der Ausfahrt forderte sie den Bord-

computer bereits auf, Agent Bakers Nummer anzuwählen. Die Verbindung stand nach wenigen Sekunden.

„Ich höre." Baker sprach mit Bedacht ihren Namen nicht aus.

„Ich benötige dringend eine Nummer."

Genau das wollte er vermeiden: Sunnys Daten über eine FBI-Leitung weiterzugeben. Er hatte gehofft, dass Okeanos das gestrige Protokoll der angewählten Telefonnummern gespeichert hatte. Nun wählte er eine Notlösung.

„Das Aktenzeichen des Falls ist 29807987987."

Okeanos verstand seine Gedankengänge und spielte willig mit.

„Hab ich. Danke. Wie ist der Stand der Dinge?"

Baker holte tief Luft.

„Es sind Brillen geortet worden. In der Connecticut Street, in dem alten Gebäude des Uptown Theaters. Die Teams sind dorthin unterwegs."

„Danke."

Sie legte auf und tippte die erhaltene Nummer in ihr Handy ein. Geleichzeitig revidierte sie in Gedanken ihr Ziel entsprechend den neuen Informationen: das Uptown Theater im Washingtoner Stadtteil Cleveland Park.

***

198. KAPITEL

Privathaus Troy Turner
12:00 Uhr

Wie in einem Spiel schlichen sich drei Erwachsene durch den Garten, tief geduckt, um vom FBI nicht gesehen zu werden. Michael von Karlsberg hatte seit der Programmierung der Brillen die Führungsrolle übernommen und gab den anderen beiden Anweisungen. Selbst Jack Farrow, der es gewohnt war, diese Position innezuhaben, ließ sich jetzt leiten, und das aus zwei Gründen. Einen dieser Gründe hatte er vor Verlassen des Hauses noch einmal warnend zum Ausdruck gebracht: Was sie taten, war gefährlich und verstieß sowohl gegen die Anweisungen des FBI als auch gegen die des Killers. Es gab aber noch einen weiteren, ihm jedoch weniger bewussten Grund für seine Unterordnung: Hier ging es nicht um ihn selbst und seinen Erfolg. Es ging um die Sache anderer Menschen. Und das war etwas, das ihn noch nie sehr zur Eigeninitiative motiviert hatte. Jack Farrow bevorzugte den Windschatten bis zu dem Moment, wo er seinen eigenen Nutzen erkennen und die Chancen dazu ergreifen konnte.

Ihr Anführer blickte auf das iPad. GPS-Positionen konnten inzwischen selbst von zivilen Programmen bereits bis auf eine Genauigkeit von zehn Zentimetern bestimmt werden. Das Trio jedoch war jetzt schon circa zehn Meter von der ursprünglichen Koordinate entfernt. Die Webseite zeigte jedoch keinerlei Positionsveränderung der drei aktiven Cyberbrillen an, obwohl diese von den Männern vorsichtig in der Hand gehalten wurden.

„Es funktioniert", flüsterte er.

Mittlerweile gipfelten Turners Gefühle in einer Anspannung, die er in dieser Art bisher noch nicht gekannt hatte. Doch die Aussage von Karlsbergs erleichterte ihn. Jeder kleinste Erfolg war ihm Anlass zur Hoffnung. Hoffnung, seine Tochter zu retten, seine Frau wiederzufinden und die Erwartung, dem Wesen entgegenzutreten, das seiner Familie diese schrecklichen Schmerzen zugeführt hatte. Er wollte Sokrates töten, unbedingt.

Beim Öffnen der alten Holztüre quietschte deren Scharnier so laut auf, als wolle es dem riskanten Treiben mit seinem Warnton ein Ende setzen. Sofort war in der Nähe eine sich öffnende Wagentüre zu hören.

„Schnell!"

Die drei Männer sprangen in den Schuppen hinein, verschlossen trotz wiederholten Quietschens die Türe, um sie von innen abschließen zu können, öffneten dann den Hintereingang und prüften, ob die Luft rein war. Der Garten des Nachbarn war leer.

„Los!", gab von Karlsberg den Startschuss.

Geschlossen rannte die Gruppe quer über den Rasen zum Ausgang und alle drei sprangen unachtsam auf die O-Straße. Unversehens quietschten Autoreifen auf und signalisierten eine Vollbremsung. Das Fahrzeug kam nur wenige Zentimeter vor Troy Turner zum Stehen. Anstatt erschrocken aufzuschreien, jubelte er.

„Sie schickt der Himmel!"

Der Fahrer des orange-schwarzen Taxis konnte gar nicht so schnell reagieren, wie die drei Männer in seinen Wagen sprangen und von Karlsberg ihm die Adresse durchgab. Dabei zückte der Millionär seine Brieftasche.

„1.000 Dollar für Sie, wenn wir in sieben Minuten dort sind."

„No problem, Sir!"

Die rasante Abfahrt sorgte für weitere schwarze Spuren der zuvor schon bremsgestressten Reifen auf dem Asphalt der O-Straße.

***

199. KAPITEL

„Hallo?"

„Hier spricht Messine Okeanos. Agent Baker hat mir die Nummer gegeben."

Die Leitung war sofort wieder tot.

Mein Gott, wie ist die denn drauf?

Okeanos tippte eine Nachricht in das Handy und fuhr dabei auf der Massachusetts Avenue Schlangenlinien.

ES IST DRINGEND, ICH RUFE AUSSERHALB DES DIENSTES AN. BITTE HEB AB. BAKER KANN NICHT ANRUFEN!

Die Nachricht bahnte sich binnen einer Zehntelsekunde ihren Weg auf der digitalen Autobahn nach Malibu. Sofort darauf klingelte ihr mit dem Handy über Bluetooth synchronisiertes Autotelefon.

„Was willst du?"

„Du hast Baker eine Nachricht geschickt."

„Das geht ja dann nur ihn etwas an, oder?"

Okeanos hatte keine Zeit für Diskussionen. „Jetzt hör mal zu: Mir ist dein Hackerhobby scheißegal, es interessiert mich genauso wenig wie dein Verhältnis zu Baker, wenn das dein Problem sein sollte. Ich bin gerade eben vom Dienst suspendiert worden, weil ich diesen Fall unorthodox zu lösen versuche. Wenn du dabei mithelfen willst, dann rede jetzt mit mir!"

Die Leitung war für einen kurzen Moment still, dann sprach ihr Gegenüber.

„Ich habe nicht viel. Wir haben die Bilanzen der Firmen in Hongkong prüfen können. Es wurden in den letzten zwei Jahren Unsummen von Geld für Computertechnologie ausgegeben. Hier geht es nicht nur um High-Tech-Spielzeug. Ich rede von einem weltumspannenden Netzwerk auf allen Kontinenten. Macht mir richtig Angst. So etwas hat nicht einmal unsere Regierung außerhalb ihres Hoheitsgebietes aufgebaut."

„Irgendwelche Namen?"

„Nein, wie immer nur nominierte Direktoren, Holdings und verschachtelte Tochterfirmen. Kannst du Episode V sehen?"

„Ja, aber nur auf dem Handy."

„Dass er einen Scheiß-US-Dollar von jedem User will, deutet wirklich darauf hin, dass dieser Wahnsinn möglicherweise nur eins zum Ziel hat: Kohle abzocken!"

Der Gedanke war abstoßend, aber naheliegend. Doch das brachte Okeanos auch nicht weiter.

Sunny hatte aber noch eine weitere Schlussfolgerung gezogen.

„Wer kann es sich leisten, so viel Geld zu investieren? Da kommt nur einer in Frage: dieser Multimillionär von Karlsberg."

Okeanos lief es kalt den Rücken hinunter. Sollte sie sich doch getäuscht haben?

„Nein, der hat ein Alibi", verteidigte sie ihn und damit auch ihre Gefühle. „Ist das alles?"

„Ja."

„Bitte melde dich, sobald du etwas Neues hast."

„Natürlich."

Okeanos gab Gas und bog wie schon so oft in diesen Tagen am Dupond Circle in die Connecticut Avenue ein. Es waren noch circa sechs Minuten bis zu ihrem Ziel. Das Gespräch steckte ihr wie eine bittere Pille im Hals, eine Pille, die sie nicht schlucken wollte. Michael von Karlsberg konnte unmöglich etwas mit der Sache zu tun haben. Es gab aber noch eine weitere sehr wohlhabende Person im Verdächtigenkreis, eine Person, deren mögliche Motive mit Sunnys Aussage sogar bestens zusammenpassten: Jack Farrow.

***

200. KAPITEL

Taxifahrt Dumbarton Street – Richtung GPS-Position Cyberbrille
12:02 Uhr

Das Taxi raste die 30. Straße hinauf und gab dabei ein
surreales Bild ab. Im Heck saßen zwei Männer mit futuristi-
schen Cyberbrillen, während vorne ein weiterer Mann einen
Turbanträger hektisch anfeuerte, noch schneller zu werden.

„Sie haben irgendetwas mit diesem Sokrates zu tun, richtig?", sang der Chauffeur seine Frage und blickte interessiert
durch den Rückspiegel auf die mittlerweile weltberühmten
Brillen.

„So ähnlich. Achtung!", schrie von Karlsberg auf dem Bei-
fahrersitz. „Bitte schauen Sie auf die Straße!"

Das Fahrzeug wäre beim Einbiegen in die Q-Straße fast
gegen den Bordstein gedroschen und der Fahrer konnte es
nur im letzten Moment noch herumreißen. Doch der Inder
blieb unbeeindruckt.

„No problem, Sir. Sie sollten einmal in Delhi oder Kalkut-
ta fahren. Elefanten, Busse, Radfahrer, Kühe, alles auf einem
Fleck. Besonders die Kühe. Die sind heilig."

„Bitte, es geht hier um Leben und Tod, bauen Sie jetzt um
Himmels willen keinen Unfall!"

Sofort wurde der Mann ernst.

„Sir, natürlich. Ich verstehe. Sie sind es. Ihre Familie wurde entführt. Wie schrecklich. Jeder redet darüber!"

Turner nickte, ohne dabei die Brille abzunehmen, um keine eventuell eingehende Nachricht oder Einspielung zu verpassen.

Der Taxifahrer nahm sein Funkgerät in die Hand und sang aufgeregt hinein: *laṛke bagīce mẽ khel rahe hãi Massachusetts Avenue, 30. Straße khel rahe hãi 32. Straße laṛke bagīce Stop Traffic Please dhanyabad.*

Mehrere Antworten in Hindi erreichten umgehend den zufrieden wirkenden Mann. Schon am Sheridan Circle NW wurde klar, was Herr Igbal, wie seine Zulassung an der Fahrzeugkonsole verriet, gerade mit den Kollegen verabredet hatte. Orange-schwarze Karossen standen an allen Zufahrten und blockierten für jedes andere Fahrzeug die Einfahrt in den Kreisverkehr. Etliche aus ihren Fahrzeugen gesprungene Berufsfahrer winkten das sich in die Kurve legende Taxi die illegal gesperrte Strecke entlang.

„Meine Kollegen halten uns die Strecke frei." Er beschleunigte in die Massachusetts Avenue. „Bis zum Ziel."

Turner tauchte ergriffen aus seinen Gedanken auf.

„Vielen Dank, Sie wissen gar nicht, wie sehr Sie mir helfen."

„No problem. Wir alle haben Frau und Kinder, wir fühlen mit Ihnen."

Mittlerweile blickte der Fahrer nicht mehr in den Rückspiegel, sondern manövrierte das Fahrzeug konzentriert ihrem Ziel entgegen. Troy Turner fiel sofort wieder zurück in seine imaginierte Welt, vollkommen erfüllt von der Vorstellung, wie er in wenigen Minuten seine Tochter rächen und Sokrates umbringen würde.

Plötzlich signalisierten gleichzeitig Turners, Farrows und von Karlsbergs Mobiltelefone je eine eintreffende SMS. Das konnte nur eines bedeuten: Sokrates wollte Kontakt aufnehmen.

***

201. KAPITEL

Connecticut Avenue
12:05 Uhr

Um den Verkehr auseinanderzutreiben, betätigte Okeanos durchgängig ihre Lichthupe, als die Telefonnummer von
Agent Baker im Display aufblinkte.

„Gibt's was Neues?"

„Ich glaube, das hier könnte wichtig sein. Ich habe gerade
einen Rückruf von diesem Notar Aquilla erhalten. Das Notariat ist spezialisiert auf Erbrecht, Trusts, Stiftungen und solche Dinge. Natürlich hat er von den Episoden gehört, aber
beruflich sagt ihm Sokrates nichts. Trotzdem habe ich ihn auf
von Karlsberg angesprochen und er erinnerte sich an eine
Immobilien-Holding mit sehr erheblichem Besitz in D.C., die
seine Kanzlei für einen von Karlsberg verwaltet. Ich prüfe
das gerade im Grundbuch nach."

„Gut, aber das sagt uns im Moment nichts weiter."

„Ist mir klar. Die interessante Information kommt jetzt:
Ich habe gerade das Video der Entführung ausgewertet. Es
war hundertprozentig eine Aufzeichnung. Die Entführung
hat in jedem Fall früher stattgefunden."

„Wie konnten Sie das feststellen?" Okeanos Unruhe stieg
immer mehr an.

„An einer Stelle ist in dem Video Blaulicht zu sehen und
die Sirenen eines Krankenwagens zu hören, erst zu diesem
Zeitpunkt ist das Bild heller und wirklich erkennbar geworden. Ich habe das mal mit den Einsatzberichten der Kranken-
häuser verglichen. In der Dumbarton Street waren an dem
Abend nur zwei Krankenwagen im Einsatz. Ein von uns an-
geforderter Wagen, der ungefähr zeitgleich mit Ihnen dort

eintraf, und eine Ambulanz wegen eines Herzinfarktes, aber das war schon um 21:51 Uhr. Das hätte von Karlsberg auf jeden Fall genügend Zeit gegeben, um das Haus zu verlassen und wieder zurückzukommen."

„Das Haus war ununterbrochen überwacht. Und beamen funktioniert wohl noch nicht! Wie soll er denn das Haus ungesehen verlassen haben?"

„Ich gebe Ihnen nur meine Ergebnisse weiter."

„Aber Sie geben mir auch gleich noch Ihre Schlussfolgerungen mit dazu, die ohne jede Beweiskraft sind."

„Sie haben recht, nur sind jetzt Turner, Farrow und von Karlsberg alleine miteinander in Turners Haus. Ich habe aufgrund dieser neuen Erkenntnis einfach kein gutes Gefühl dazu."

Okeanos dachte kurz nach.

„Okay. Bitte kontaktieren Sie das Überwachungsteam. Die sollen nachsehen, ob alles in Ordnung ist."

„Eine Sekunde."

Das Gespräch im Hintergrund war leise, aber klar zu hören.

„Sie gehen hinein", gab er als Zwischeninfo weiter.

Nach einer weiteren Pause kam genau die Rückmeldung, die sie am wenigsten hören wollte: „Unglaublich, das Haus ist leer!"

„Shit, geben Sie das sofort an Smith weiter, die fahren bestimmt zum Uptown Theater. Und schreiben Sie eine Fahndung nach diesen Idioten aus. Diese Wahnsinnigen! Können Sie die Brillen orten?"

„Die blinken weiterhin brav in Turners Haus. Anscheinend sind sie auch noch in der Lage, GPS-Daten zu manipulieren. Ich informiere sofort Smith!"

„Agent Baker, noch etwas. Sie würden es doch mitkriegen, wenn ein Agent suspendiert würde, oder?"

„Das würde ich sicherlich, wenn ich nicht zu sehr mit den Nachforschungen beschäftigt wäre, um auf solche Dinge zu achten. Ich persönlich hatte keine Zeit, auf das Messageboard zu sehen, und das werde ich auch den gesamten Einsatz über nicht haben. Wieso fragen Sie?"

„Nur so. Ihre Konzentration auf den Fall rechne ich Ihnen hoch an. Vielen Dank."

Sie legte auf. Von dem Fall war sie abgezogen worden und nun hatte sie gleich zwei neue Partner, die ihr mehr Informationen verschafften als alle anderen Beteiligten des FBI. Agent Baker und Sunny waren auf ihrer Seite, das fühlte sich nicht schlecht an. Gleichzeitig schürten jedoch gerade diese Informanten immer mehr Zweifel in ihr. Sie wählte von Karlsbergs Handy an, erreichte jedoch nur seine Mailbox. Sie schlug vor Wut auf das Lenkrad.

„Was für Idioten, die riskieren noch das Leben des Kindes!", schrie sie ihren Frust heraus.

Wenige Kilometer vor ihr musste das Einsatzkommando sein. Und die drei Männer befanden sich irgendwo auf den Straßen Washingtons, höchstwahrscheinlich auch auf dem Weg zum Tatort.

Aber woher kennen die den Ort?

Es gab einfach zu viele offene Fragen! In solchen Situationen konzentrierte sie sich immer auf die Fakten. Und das waren in diesem Fall die ermittelten GPS-Daten. Die Straße vor ihr präsentierte sich einladend frei. Unwillkürlich drückte ihr rechter Fuß das Pedal noch weiter durch. Sie musste so schnell wie möglich beim Uptown Theater ankommen, um noch Schlimmeres verhindern zu können. Das hatte sie im Gefühl.

***

202. KAPITEL

Connecticut Avenue
12:06 Uhr

Zu dutzenden stürmten die Experten des FBI und der Hauptstadtpolizei den Stadtteil Cleveland Park, sperrten Straßen, brachten Zivilisten aus der unmittelbaren Gefahrenzone, positionierten sich auf Dächern und dem Gebäudeparkplatz und blockierten die Zugänge zur nur wenige Meter vom Einsatzort entfernten Cleveland Park Metrostation. Über dem Gebäude kreiste bereits seit mehreren Minuten ein angsteinflößender Hubschrauber mit Spezialschützen. Die meisten der Sicherheitsbeamten sammelten sich in einem Umkreis von nur 50 Metern um das verlassene Kinogebäude und der sonst so gemütliche Ort füllte sich mit bis an die Zähne bewaffneten Personen in Overalls, Schutzanzügen und Uniformen. Sofort sammelten sich Schaulustige. Keine Minute nach Ankunft der ersten Beamten hatten sich Gerüchte herumgesprochen, wonach die Fahnder hier suchten – genauer gesagt: nach wem.

Alle Einheiten warteten auf die Ankunft der Einsatzleitung. Der schließlich eintreffende Konvoi wurde hektisch durch alle Absperrungen geschleust und näherte sich der Kreuzung Connecticut Avenue und Macomb Street.

Genau eine Straße vor der finalen Absperrung, die sich circa 60 Meter hinter der Newark Street befand, verengte sich die Connecticut Avenue wegen einer Baustelle auf zwei Fahrsteifen. Smith gab letzte Anweisungen und sprach den Plan über Funk mit dem SWAT-Teamleiter ab. Von Agent Baker war in der Zwischenzeit der Plan des seit zwei Jahren geschlossenen Filmtheaters auf die Laptops aller Teamleiter übermittelt worden.

„Die Polizeikräfte haben das Viertel bereits in zwei Ringen abgesperrt. Vier FBI-Teams positionieren sich am Vordereingang, zwei Teams an den rückwärtigen Zugängen und je ein Team an den Seiten. Wir stürmen das Gebäude gleichzeitig, auf mein Kommando." Smiths Stimme war eiskalt und sehr bestimmt. Sie ließ keine Zweifel daran zu, dass sie Sokrates jetzt endlich schnappen würden.

„Die Scharfschützen sind auf den Gebäudedächern rund um das Kino positioniert. Unser Helikopter befindet sich zugriffsbereit direkt über dem Gebäude."

Noch bevor der SWAT-Leiter seinen Lagebericht abschließen konnte, stoppte der gesamte Konvoi jedoch abrupt und zwang die Blicke der FBI-Männer auf die Straße. Ein Obdachloser mit langem Bart humpelte gemütlich über die Straße und schob dabei einen randvoll mit Leergut gefüllten Einkaufwagen vor sich her. Das hektische Hupen des Fahrzeugs provozierte lediglich einen gestreckten Mittelfinger als Antwort. Smith ließ wütend das Fenster herunter.

„Mach schneller, du Penner, FBI im Einsatz!"

„Fick dich, ich war für dieses verschissene Land in Vietnam, als du Scheißer noch an den Titten deiner Mami geleckt hast." Er zog seine Hose hoch und präsentierte eine Beinprothese. „Immer langsam, die Herren!"

Der Agent zog seine Waffe und zielte auf den Veteranen. „Wenn du nicht in einer Sekunde vom Asphalt verschwunden bist, schieße ich dir auch noch das andere Bein weg, Humpelstilzchen. Ich meine es ernst!"

Auch der Fahrer kannte keinen Spaß und rollte nun gefährlich nah an den Obdachlosen heran. Dieser spuckte auf die Windschutzscheibe und zeigte drohend auf Smith.

„Du Wichser, dir wird es auch noch so ergehen wie mir. Irgendeiner schießt dich ab und dann wirst du ganz schnell von diesem tollen Land vergessen!" Doch dann schob er fluchend den Supermarkttrolley weiter und gab den Weg frei. „Du wirst noch an meine Worte denken, glaub mir. Vielleicht früher, als du es dir vorstellen kannst !"

Seine Worte klangen in Smith nach wie ein Omen. Zehn Sekunden später positionierten sich die Fahrzeuge um das Theater herum und gaben ihre schwerbewaffneten Passagiere frei. Weitere zehn Sekunden dauerte es, bist die besprochene Sturmaufstellung von allen Zugriffteams bestätigt war. Das Gebäude war umstellt.

***

203. KAPITEL

Es war nicht, wie befürchtet, eine Nachricht von Sokrates, sondern er hatte, wie schon am Tag zuvor, auch heute wieder die Mobiltelefonnummern der drei Männer im Netz bekanntgegeben. Sekündlich trafen nun Nachrichten auf ihren Handys ein. Ab sofort waren diese Telefone also nutzlos. Warum Sokrates die Männer daran hindern wollte, mit ihren Handys zu telefonieren, wurde in diesem Moment jedoch nicht klar.

Hat er vielleicht doch erkannt, dass wir das Haus verlassen haben, und will nun den Kontakt zum FBI unterbinden?, schoss es Turner durch den Kopf.

Doch sein Gedanke wurde durch das abrupte stoppen des Taxis jäh unterbrochen. Sie waren am Ziel angekommen.

„Sieben Minuten, Sir."

„Gut gemacht!" Von Karlsberg hielt ihm die versprochenen zehn Benjamin Franklins hin, doch der Mann lehnte brüskiert ab.

„Aber nein, es würde mich beleidigen, das anzunehmen."

Turner war bereits dabei, aus dem Taxi zu steigen, als sich Mr. Igbal beschwörend zu ihm herumdrehte, seine Hand ergriff und ihn dadurch am Aussteigen hinderte. „Herr Turner, richtig? Wir haben in meiner Heimat ein Sprichwort: *Sind Kinder klein, müssen wir ihnen helfen, Wurzeln zu fassen. Sind sie aber groß geworden, müssen wir ihnen Flügel schenken.* Ich hoffe, Sie werden Ihrer Tochter das einmal mitgeben können. Ich wäre sehr stolz, wenn ich dabei mitgeholfen hätte."

„Vielen Dank." Obwohl Turner wirklich sehr dankbar war, hatte er jetzt keinen Sinn für die angebotene Lebensweisheit. Er musste sofort in das Gebäude hinein. So riss er seine Hand los und sprang förmlich aus dem Fahrzeug.

Die drei Männer blickten irritiert auf das schöne Anwesen vor ihnen. In dieser Gegend war die 32. Straße eine einsame Waldstraße, die nur auf ihrer Nordseite durch vereinzelte freistehende Häuser die Anwesenheit von Menschen verriet. Nicht so allerdings in diesem letzten Teil der Straße. Obwohl der Garten gepflegt war, wirkte die auf einer Anhöhe liegende Villa verlassen. Während eines sonntäglichen Familienspaziergangs wäre Turner sicher beeindruckt vor der Villa stehen geblieben und hätte den idyllischen Anblick bewundert. Heute jedoch strahlte das Anwesen für ihn nur eines aus: pures Grauen. Im Inneren dieses so friedlich wirkenden Bauwerks gingen wahrscheinlich gerade in diesem Moment unvorstellbar schreckliche Dinge vor sich, obwohl es keinerlei Hinweis darauf gab, dass sie am richtigen Ort waren.

„Warum sind denn hier keine Einsatzkräfte des FBI?", fragte Jack Farrow skeptisch.

„Das weiß ich nicht, vielleicht gibt es noch einen rückwärtigen Zugang. Die vom FBI wissen mehr als wir. Oder die haben falsche Daten. Diese GPS-Positionen stimmen auf jeden Fall." Von Karlsberg tippte auf das iPad. Auf der japanischen Webseite blinkten die verfolgten Brillen nur circa 40 Meter von ihrem jetzigen Standort entfernt kontinuierlich auf.

Turner spürte vor Aufregung sein Herz bis in den Hals schlagen. Die Signale kamen hundertprozentig aus diesem Bauwerk. Doch Jack Farrow blickte sorgenvoll um sich. Hinter dem Anwesen thronte ein weiteres sehr schönes Gebäude, das ihm irgendwie bekannt vorkam.

„Ich geh da jetzt rein. Meine Tochter ist da drin. Ich kann hier nicht so herumstehen", unterbrach Turner die Stille.

Von Karlsberg nickte und eilte als Erster die Auffahrt zu einer Garage hinauf. „Kommt, hier entlang!"

Turner folgte dem selbst ernannten Anführer mit schnellen Schritten und ließ Jack Farrow alleine auf der Straße zurück. Der ältere Journalist beeilte sich, den beiden Männern zu folgen. Als er bei der Garage ankam, rüttelte Turner gerade vergeblich an dem riesigen Holztor und verursachte dadurch mehr Krach, als den Eindringlingen lieb sein konnte.

Von Karlsberg war verschwunden. In der Nähe war das Zerbrechen von Glas zu hören. Turner und Farrow zuckten erschrocken zusammen. Nun ertönten im Inneren der Garage Schritte. Dann klackte vor ihnen das Schloss einer kleineren, im Tor befindlichen separaten Eingangstüre, die sich unmittelbar darauf öffnete.

„Schnell, kommt rein. Da hinten steht eine Türe offen. Das ist sicher ein Zugang zum Keller."

Sofort betraten auch Turner und Farrow die Garage. Ihre Augen brauchten etwas Zeit, um sich an die Dunkelheit zu gewöhnen, sodass im ersten Moment andere Sinneseindrücke die beiden Journalisten erreichten: Es war kühl, muffig und ungelüftet.

Die Garage hatte vier Stellplätze, von denen im Moment nur einer durch einen Mercedes G mit abgedunkelten Scheiben belegt wurde. Turner blickte angewidert auf das Fahrzeug. *Damit muss er meine Familie entführt haben!* Sofort verspürte er wieder Rachegelüste.

„Hier entlang." Von Karlsberg lief, den Signalen des iPad folgend, in den dunklen Gang hinein. Doch plötzlich blieb er stehen. „Shit."

„Oh Gott, was ist los?" Turner war äußerst beunruhigt und reagierte sofort mit Aufregung.

„Hier gibt es kein Signal mehr. Anscheinend ist der Internetempfang ab der Türe gestört. Ich kann die Webseite mit den Brillenstandorten nicht mehr abrufen."

„Was sollen wir jetzt machen?" Farrow stand noch immer in der Garage und wollte offensichtlich keine Entscheidungen verantworten.

„Die letzten Positionsdaten kamen aus dieser Richtung. Ungefähr 25 Meter vor uns. Aber wenige Meter vor mir sind Seitengänge. Wir müssen uns für die Suche trennen. Ich kann unsere Brillen aber auch ohne Internet miteinander synchronisieren und auf ein privates WIFI-Netz einstellen. Dann bleiben wir in Kontakt und können sehen, was jeder von den anderen sieht."

„Okay, bitte mach schnell, ich drehe langsam durch!" Turner gab von Karlsberg seine Brille. Im Hintergrund war plötzlich leise das Schreien eines Kindes zu hören. Troy Turner gefror das Blut in den Adern.

***

204. KAPITEL

Raum M3
12:07 Uhr

Agent Bakers Blick sprang auf der überdimensionalen Bildwand inzwischen fast im Sekundentakt zwischen der Einsatzkoordination des Human-Rescue-Teams und Episode V hin und her. Ähnlich wie die Spieler bei *Hoshi-no-Hitomi*-Spielen waren auch die Eliteeinheiten des FBI mit Helmkameras und ausgeklügelter Kommunikationstechnologie ausgestattet, die es der Einsatzleitung erlaubte, den Zugriff von außen zu überwachen und zu steuern. Obwohl es seine erste Priorität war, seine FBI-Kollegen im Auge zu behalten, wurde seine Aufmerksamkeit immer mehr von Sokrates' Webseite mit Beschlag belegt. Damit war er nicht alleine. Episode V brach mit der öffentlichen Kinderschändung eines der weltweit größten gesellschaftlichen Tabus. Trotzdem oder gerade deswegen fesselte die fieberhaft erwartete Bekanntgabe der unmenschlichen Onlineabstimmung über 200 Millionen meistenteils fassungslose Menschen an den Bildschirmen und zwang sie förmlich dazu, Sokrates' perverse Inszenierung zu verfolgen.

Auch Baker hatte wie die meisten der zahlenden Zuschauer auf einen der zwei barbarischen Auswahlknöpfe gedrückt und auf diese Weise über das Schicksal des Opfers mit entschieden. Obwohl er natürlich *Schändung und Leben* angeklickt hatte, hatte er sich damit trotzdem zwingen lassen, für eine Gewalttat zu stimmen. Seit dem Absenden seiner Auswahl fühlte er sich daher mitverantwortlich für die grausamen Dinge, die gerade stattfanden, und ihn verfolgte der irritierte Gedanke, ob nichts passiert wäre, wenn es nur

Enthaltungen gegeben hätte, wenn sich überhaupt niemand eingeloggt hätte und keiner Sokrates auch nur eine Sekunde Aufmerksamkeit geschenkt hätte. Daran war aber natürlich überhaupt nicht zu denken. Ihm war klar, dass sich selbst Menschen, die normalerweise nicht im Entferntesten dazu neigten, solche unmenschlichen Eindrücke an sich heranzulassen, in die Webseite einloggten: teils aus Neugierde, teils aufgrund der überall im Netz zu findenden Hilfsaufrufe, den einen Dollar zur Rettung des Kindes zu investieren – ein für die Psyche sehr gefährliches Unterfangen, da selbst ein ausgebildeter FBI-Agent wie Baker vor den zur Schau gestellten Grausamkeiten fast erstarrte. Ein Umstand half jedoch trotzdem, die perversen Eindrücke besser zu ertragen. Durch eine geschickte Regie kontrolliert, zeigte die Kameraführung sehr sorgfältig immer nur Detailaufnahmen von einzelnen Körperteilen, nie aber den gesamten geschundenen Menschen, der so hilflos in dem Pranger gefesselt war. Das ermöglichte Baker eine gewissermaßen surreale Imagination der Vorgänge, die in den Grenzen seiner Vorstellungskraft verweilen durfte. Trotzdem erhöhten sich unmerklich, jedoch stetig der Pornografiegehalt und der Grad der Brutalität. Dieser Anstieg der Gewalt wirkte so, als wolle Sokrates den Betrachter gewissermaßen behutsam an das mögliche Ende heranführen, an die Tötung des Kindes.

Baker sah, dass Smith bereits am Uptown Theater angekommen und alle Einheiten einsatzbereit waren. Vier Eingänge waren auf den Helmkameras der Spezialeinheiten zu sehen, als Sokrates' Webseite auf die Sicht des Opfers sprang. Der in Latex gekleidete Peiniger öffnete zum ersten Mal seine Hose.

Baker war wie gelähmt. *„Mein Gott"*, schrie er entsetzt die Bilder an *„stürmt endlich das Gebäude!"*

***

205. KAPITEL

Uptown Theater
12:07:30 Uhr

Die Türen flogen beim Aufprall der Rammböcke ohne Widerstand aus den Angeln. Augenblicklich stürmten gleichzeitig acht schwerbewaffnete SWAT-Teams das Gebäude und durchkämmten das alte Filmtheater Raum für Raum. Das Innere des stillgelegten Gebäudes wirkte gespenstisch. Überall tauchten im Schein der Taschenlampen kleine, abgetrennte Bereiche auf, die latexüberzogene Betten, gynäkologische Stühle, Ketten, Handschellen und anderes Zubehör beherbergten. Entweder war dies hier ein illegales Pornostudio oder der Ort für noch schlimmere Dinge.

Die Interneteinspielungen ließen deutlich erkennen, dass die Schändung nicht im Vorführraum des Filmtheaters, sondern in einem kleineren Zimmer stattfand. Die GPS-Ortung zeigte Smith die beiden Cyberbrillen im nördlichen Teil des Gebäudes an, circa zwanzig Meter vom Haupteingang entfernt. Da die markierte Stelle laut Bauplan mitten im Vorführraum lag, musste es sich offenbar um einen darunterliegenden Raum im Untergeschoss handeln. Deswegen galt das Augenmerk der Eliteeinheit um Smith jetzt dem Keller, der über eine Treppe hinter den alten Büroräumen zu erreichen war. Mit Spezialwerkzeugen zum Öffnen schwerer Türen ausgerüstet, stiegen die Spezialisten zügig eine Metalltreppe hinunter und landeten vor einer stählernen Doppeltüre. Die GPS-Signale zeigten dem Einsatzleiter an, dass sie keine fünf Meter mehr vom Tatort entfernt waren.

***

206. KAPITEL

Fahrt zur Connecticut Avenue
12:08 Uhr

Erneut übertönte das Klingeln von Okeanos' Autotelefon das Röhren des Boxermotors. Es war Sunny:

„Agent Okeanos, ich glaube, jetzt haben wir etwas wirklich Wichtiges." Die sonst so coole Hackerin wirkte aufgeregt. „Wir haben gerade eben *AT&T* gehackt. Es gibt zwei weitere Brillen in D.C. Die Position ist 38°55'29.05 N, 77°03'48.52 W. Ein Haus in der 32. Straße, zwischen Woodland Drive NW und Fulton Street NW. Ich glaube, der ganze FBI-Einsatz in der Connecticut Avenue beruht auch diesmal auf einer Falle von Sokrates."

Okeanos konnte ihr noch nicht ganz folgen. *Wieso soll das jetzt eine Falle sein?*

„Kannst du mir die Koordinaten auf das Handy schicken? Ich leite sie dann sofort weiter, damit Baker das genau checken kann. Ich bin in der Gegend."

„Mach ich. Ich melde mich, sobald es noch etwas Neues gibt. Wir alle wollen dieses Schwein gefasst sehen."

***

207. KAPITEL

Uptown Theater
12:08 Uhr

Die perverse Aufforderung, den Mund zu öffnen, ver-
weigerte das Opfer durch heftiges Kopfschütteln, so lange,
bis der Peiniger die Geduld verlor. Heftig prallte seine Faust
gegen den schutzlosen Kopf und schleuderte ihn mit voller
Wucht nach rechts. Der Schlag war so brutal, dass die Cyberbrille vom Kopf des Opfers gedroschen wurde und nun auf
dem Boden liegend die gesamte Szene aus einer völlig neuen
Perspektive zeigte. Vor dem Pranger stand ein endvierzigjäh-
riger, verdutzter Glatzkopf und starrte erschrocken in die
Brillenkamera. Der fette, behaarte Oberkörper war über und
über mit Tattoos verunstaltet. Doch was die Internetcommunity im Hintergrund sehen musste, war noch unglaublicher
als die schreckliche Gewalttat an sich. Eine Gruppe von sieben absolut durchschnittlich aussehenden Männern sowie
einer Frau standen hinter einer roten Kordelabsperrung und
filmten die dargebotene Szene.

Der entlarvte Peiniger hielt sich sofort die Hand vor das
Gesicht und stolperte mit plumpen Schritten zu der Brille
hinüber, als ein ohrenbetäubendes Krachen die metallene
Eingangstüre in den Raum schmettern ließ. Maskierte Männer sprangen blitzschnell in den Kellerraum.

„Hände hoch. Keine Bewegung!"

Ein kollektiver hysterischer Aufschrei ging durch den
Raum. Drei der Männer drückten sich hinter den anderen
Gewaltkonsumenten schutzsuchend gegen die Betonwand.
Doch im Bruchteil einer Sekunde ließen neun drohende
Schusswaffen die ausgebrochene Unruhe im Keim wieder

ersticken. Die perverse Gruppe versteinerte für einen Moment.

***

208. KAPITEL

Fahrt zur Connecticut Avenue
12:11:30 Uhr

Okeanos konnte die bewegten Bilder auf dem kleinen Handydisplay immer nur für einen kurzen Moment beobachten, da sie gleichzeitig den Wagen sicher auf der Straße halten musste. Die Bedeutung der letzten Szene war ihr noch nicht wirklich klar geworden, in jedem Falle schürte sie jedoch weiter die Zweifel, die Sunny in ihr gesät hatte.

Sunny hat recht, irgendetwas stimmt hier ganz gewaltig nicht.

Sie dachte kurz nach und folgte dann ihrer Intuition. Mit einem extremen Schlenker zog sie den Sportwagen nach links in die Devonshire Street hinüber und zwang damit den Gegenverkehr zu einer Vollbremsung. Mittlerweile entwickelte sich ihr Gefühl zu einem handfesten Verdacht.

***

209. KAPITEL

32. Straße, Kellerräume
12:11:30 Uhr

Der Keller war wie ein Labyrinth angelegt. In alle Richtungen liefen lange, schlecht beleuchtete Gänge, die nach
ungenügend ausgetrocknetem Beton rochen, und eine unangenehme Kälte überzog die Haut der drei Männer. Wie von
Karlsberg richtig erkannt hatte, besaßen ihre Geräte in den
Kellergängen keine Verbindung zum Internet und waren
daher lediglich noch untereinander verbunden. So waren die
Eindringlinge zwar jederzeit über den Standort der jeweils
anderen informiert und konnten ihre Kamerabilder untereinander austauschen, ein wichtiges Detail jedoch war nun
nicht mehr gewährleistet. Durch den Offlinemodus verschwanden die drei Brillen aus dem Verizon-Netzwerk. Und
damit war die Vorgabe Sokrates' gebrochen. Spätestens jetzt
musste auch Sokrates damit rechnen, dass sie das Haus verlassen hatten.

Jack Farrow schlich sich besonders vorsichtig die Gänge
entlang und erreichte schließlich ein kleines, unbeleuchtetes
Zimmer. Zitternd tastete er nach einem Lichtschalter und
schrie dann plötzlich in panischer Angst auf. Seine Hand
hatte etwas berührt, das ihm Gänsehaut über den gesamten
Körper laufen ließ: Er spürte eine andere menschliche Hand.
Dann hörte er ein leises Pfeifen, ein schnelles Zerschneiden
der Luft. Der darauffolgende dumpfe Aufschlag zerschmet-
terte Farrows Nase und ließ ihn auf die Knie sacken. Zwei
weitere Schläge auf den Hinterkopf und ein Tritt in die Niere
streckten den Mann endgültig nieder. Der harte Aufprall

seines Körpers setzte dem unvermittelten Überfall einen Schlusspunkt.

Farrows Schrei war durch den gesamten Keller zu hören und bewog Turner dazu, sofort dessen Bildeinspielung aufzurufen. Das Licht war, genau wie anfangs bei der Entführung seiner Familie, zu schwach, um das Bild deutlich erkennbar zu übertragen, aber allein die Geräusche sprachen eine klare Sprache: Der Mann war brutal niedergestreckt worden. Nun waren nur noch Schleifgeräusche über den Boden zu hören. Diese wurden immer leiser, bis sie vollkommen verstummten. Nur die Brille blieb am Tatort liegen und übertrug ein monotones Dunkel.

Troy Turner überfiel Todesangst. Als könne sie ihm Schutz bieten, presste er sich gegen die kalte Wand und bewegte sich nur noch Zentimeter für Zentimeter voran.

„Michael? Hast du das gesehen? Bist du da?", flüsterte er geschockt in sein Mikrofon.

Über den eingebauten Lautsprecher kam eine leise Antwort.

„Ja, ich glaube, ich bin auch an dem Zimmer vorbeigekommen. Ich sehe jetzt eine Türe vor mir."

Im selben Moment erhielt Turners Verzweiflung neue Nahrung. Die schrecklichen Hilferufe setzten wieder ein, diesmal jedoch lauter und sehr klar.

„Tracy, wo bist du? Tracy?", rief er verzweifelt ins Nichts.

Er sah sich um, fand jedoch keinen Anhaltspunkt dafür, wo er sich befand. Alles hier sah gleich aus. Vor ihm gingen zu beiden Seiten Gänge ab und am Ende seines eigenen Korridors war, genau wie auch auf von Karlsbergs Brillenkamera, eine graue Metalltüre zu sehen. Verängstigt ging er zwei Schritte nach vorne. Jetzt hörte er das Schreien seines Kindes ganz deutlich.

„Tracy, ich bin hier. Kannst du mich hören?"

Irgendwo links von ihm schlug eine andere Metalltüre bedrohlich hallend zu.

„Michael?"

Es kam keine Antwort. Turner musste handeln, sein Kind befand sich offensichtlich in dem Raum vor ihm, nur durch eine Türe von ihm getrennt. Doch als er gerade loslaufen wollte, lähmte ihn ein neuer schrecklicher Anblick. Die Kamerabilder zeigten ihm, dass nun offenbar auch von Karlsberg angegriffen wurde. Ruckartig warf ihn irgendetwas nach vorne, Faustschläge waren zu hören und von Karlsberg ging in die Knie. Gerade als sich sein Blick in Richtung des Angreifers drehte, hallte ein letzter, heftiger Schlag über die Lautsprecher. Von Karlsberg versuchte noch, sich abzustützen, verlor jedoch die Balance, sank zu Boden und stöhnte vor Schmerzen. Turner lief es kalt über den Rücken, weder Farrow noch von Karlsberg konnten ihm jetzt weiter helfen. Er war vollkommen auf sich alleine gestellt. Im nächsten Moment wurde von Karlsbergs Cyberbrille aufgehoben und aufgesetzt. *Oh mein Gott*, schoss es Turner durch den Kopf, *jetzt ist Sokrates mit mir verbunden und hat meine Sicht auf dem Display.*

In diesem Moment schrie Tracy erneut und setzte damit Turner in Bewegung. Er lief in panischer Angst um sein Kind in Richtung des Hilferufs, genau auf die Metalltüre zu. Mit aller Gewalt versuchte er, die verriegelte Türe zu öffnen – vergeblich. Hilflos trommelten seine Fäuste gegen den kalten Stahl. Als seine lauten Schläge schließlich verhallten, hörte er schnelle Schritte. Im Display sah er, wie der andere Brillenträger einen Gang entlanglief und links einbog.

Turner schoss eine riesige Dosis Adrenalin in den Körper und versetzte ihn in höchste Alarmbereitschaft. Denn von diesem Moment an sah er sich auf seinem linken Bildschirm selbst von hinten, an der Metalltüre stehend. Sokrates hatte ihn aufgespürt, war genau hinter ihm. Bevor Turner eine Chance hatte, zu reagieren und das Klappmesser aus seiner Hosentasche zu ziehen, setzte Sokrates nach einem kurzen Sprint zum Sprung an, rammte mit aller Wucht den Körper

174

seines Opfers und schlug den Kopf des Journalisten brutal gegen die Türe. Der nun bewusstlose Überwältigte rutschte langsam an der Metalloberfläche entlang nach unten und hinterließ eine lange, rote Blutspur.

***

210. KAPITEL

Uptown Theater
12:10 Uhr

Special Agent Smith eilte als Erster zum Pranger. Der Körper darauf erschien ihm ungewöhnlich groß für ein Kind. Im nächsten Moment schrie ihn das gefesselte Wesen hysterisch an.

„Was zur Hölle macht ihr Wichser hier? Wir drehen gerade eine Szene. Haben Sie das ON-AIR-Zeichen nicht gesehen?"

Unter größten Schwierigkeiten versuchte die durchaus erwachsene Frau, ihren Kopf in Richtung des Eindringlings zu drehen, um erkennen zu können, was ihre ausgefallene Sexperformance unterbrochen hatte.

Smith blickte irritiert auf das GPS-Ortungsgerät. Die Daten waren vollkommen deckungsgleich mit denen der Brillen-IDs. Mit vorgehaltener Waffe schrie er nun den fälschlich für Tracys Schänder gehaltenen Mann an.

„Was geht hier vor?"

„Hast du keine Augen im Kopf? Wir drehen einen Auftragsporno." Der Tätowierte bäumte sich wütend auf.

„Wer hat den in Auftrag gegeben?"

Mittlerweile waren die Liebhaber der Fetischszene von den SWAT-Agenten gewaltsam arretiert worden. Einzig der Hauptdarsteller konnte sich noch normal bewegen.

„Wie sagen jetzt gar nichts mehr ohne einen Anwalt!", stöhnte die Darstellerin.

Der Einsatzleiter ballte wütend seine Fäuste. Unverzüglich gab er Anweisungen an den Ranghöchsten der Elitekampftruppe.

„Ein Team verhaftet diesen Abschaum hier. Egal, wegen was. Und wenn es wegen Falschparkens ist."

Danach beugte er sich zu der festgebundenen Frau hinunter und flüsterte ihr ins Ohr: „Hübsche Blessuren haben Sie da, könnten auch von einem Verhör stammen. Mal sehen, wie lange Sie Ihre Fetische noch genießen, wenn sie im FBI-Gebäude inszeniert werden. Dort holen wir schon aus Ihnen heraus, wer Ihr Auftraggeber ist. Überlegen Sie sich gut, ob Sie wirklich die Aussage verweigern wollen."

Zum zweiten Mal innerhalb weniger Minuten wurde nun nach Smith gespuckt. Diesmal traf ihn der Speichel mitten ins Gesicht. Ohne mit der Wimper zu zucken, wischte er sich den widerlichen Schleim ab. „Das wird Ihnen noch leid tun."

Dann lief er zügig zum Ausgang.

„Alle abführen. Und die restlichen Teams sofort zurück in die Fahrzeuge!"

Keine Sekunde später wurden diverse Körper zu Boden geworfen. Knie pressten sich schmerzhaft auf Gesichter, Arme wurden kraftvoll auf den Rücken gezerrt und mit geübten Griffen durch Plastikbänder verschnürt. Ihre Aggression ließ deutlich erkennen, dass die Beamten ein Ventil für ihre Frustration brauchten. Sokrates hatte sie erneut zum Narren gehalten. Und diesmal gab es keine Hinweise darauf, wo er sich aufhielt.

***

211. KAPITEL

Fahrt zur 32. Straße
12:13 Uhr

Die rasante Fahrt ließ Okeanos keinen Moment Zeit, um Episode V weiter zu verfolgen. Sie fühlte sich wie in einer Rallye: nach Südwesten in Richtung Cortland Place NW, nach 320 Metern rechts abbiegen, nach weiteren 300 Metern links auf die Klingle Road NW, nach 110 Metern wieder rechts auf die Klingle Road NW / Woodley Road NW, schließlich nach 98 Metern auf die 32. Straße NW. Okeanos schaffte die kurvenreichen 1,2 Kilometer in zwei Minuten und 53 Sekunden.

Wie ein störender Fremdkörper drang der röhrende Wagen nun in die idyllische Straße ein. Schließlich stoppte sie vor der Villa und griff unter ihren Sitz, wo sich ihre private Beretta befand. Dann rief sie Baker an.

„Ich brauche Ihre Hilfe. Sie müssen dringend die Koordinaten für mich prüfen, die ich Ihnen vorhin per SMS geschickt habe. Ich bin bereits vor dem Gebäude, allerdings weichen die Daten leicht ab. Außerdem scheint das Gebäude verlassen zu sein."

„Ich habe Ihre Nachricht mit dem Screenshot des AT&T-Netzwerks erhalten. Außerdem sehe ich auch Ihre Handyposition. Die Koordinaten sind fast deckungsgleich. Sie sind am richtigen Standort und befinden sich nur circa 40 Meter südwestlich der Brillenpositionen."

Okeanos übernahm das Gespräch vom Autotelefon auf ihr Handy und stieg aus.

„Ich wollte Sie schon anrufen, hier geht es aber gerade drunter und drüber. Haben Sie gesehen, was passiert ist?", fuhr Baker fort.

„Nein."

Okeanos wappnete sich für eine schreckliche Nachricht bezüglich des Kindes.

„Episode V war eine von Schauspielern inszenierte Vergewaltigung. Das Kind ist nicht dort."

„Wie bitte?"

„Ja, das Uptown Theater wird natürlich trotzdem weiter durchsucht. Aber Smith ist mit dem Einsatzteam bereits auf dem Weg zu Ihnen. Ich glaube, Sie warten besser auf das Team und halten sich aus der Sache raus. Der Konvoi ist in der Newark Street NW und sollte in circa drei Minuten, also um 12:19 Uhr, bei Ihnen eintreffen. Aber jetzt das Wichtigste: Erstens sind die drei Brillen von Turner, Farrow und von Karlsberg seit vier Minuten aus dem Verizon-Netzwerk verschwunden. Wir haben keinen Kontakt mehr."

Während Baker seiner ehemaligen Vorgesetzten die aktuellen Informationen durchgab, schlich diese bereits vorsichtig die Auffahrt hinauf. Jetzt stand sie vor einer Garage. Instinktiv entsicherte sie ihre Pistole.

„Zweitens habe ich beim Grundbuchamt von Karlsbergs Holding überprüft. Der Immobiliengesellschaft gehören mehr als 50 Gebäude in Washington. Viele davon sind in der Gegend, in der Sie sich gerade befinden. Und auch das Grundstück in der 32. Straße, das mit den Koordinaten übereinstimmt, gehört der Firma."

Das traf Okeanos hart und augenblicklich war sie mit allen Sinnen in Alarmbereitschaft. Nun war völlig klar, dass dies hier der richtige Ort war. Drei Minuten auf Verstärkung zu warten, konnte bedeuten, zu spät zu kommen. Sie sprang durch die geöffnete Türe und lief zu der einzig weiteren Türe, die offensichtlich in den Gebäudekeller führte.

„Haben Sie einen Bauplan?"

„Ja, ist gerade reingekommen." Baker unterbrach sich kurz. „Oh mein Gott, Agent Okeanos. Gehen Sie da nicht rein!"

„Was ist?" Okeanos war bereits einige Schritte in den Gang eingedrungen.

„Der Keller des Gebäudes wurde vor zwölf Monaten umgebaut. Zur selben Zeit wurde in von Karlsbergs Villa der Pool erweitert und –"

Plötzlich donnerte es lautstark hinter Okeanos: Die Metalltüre schlug zu.

„Hallo? Baker … Shit! Hallo, können Sie mich noch hören?" Okeanos blickte auf das Display. Ihr Handy hatte keinen Empfang mehr. Die letzten Worte ihres Helfers erreichten sie nicht mehr.

***

212. KAPITEL

32. Straße, Kellerräume
12:16 Uhr

Troy Turner lief noch immer Blut aus der Platzwunde, die über seiner rechten Augenbraue klaffte. Sein Kopf dröhnte, alles um ihn herum drehte sich. Verschwommen erkannte er eine Gestalt, die ihm etwas unter die Nase hielt.

„Aufwachen!"

Ein stechender Ammoniakgeruch brachte Turner schlagartig wieder zu sich. Was er nun sah, erinnerte ihn stark an den schrecklichen Überfall in der Privatbank Genf AG – nur mit vertauschten Rollen. Diesmal war er selbst an einen schweren Stuhl gefesselt. Rechts neben ihm kauerte Jack Farrow, mit den Armen und dem Oberkörper an ein Abflussrohr gekettet, eine Cyberbrille um den Kopf, brutal geknebelt und mühevoll durch die geschwollene Nase atmend. Der Mann stand offensichtlich unter Schock, zugleich war er offenbar vom Sauerstoffmangel geschwächt und winselte nur unverständliche Töne in seinen Mundknebel. Turners verschwommener Blick klärte sich weiter auf und nun erkannte er den Menschen vor sich: Es war Michael von Karlsberg.

***

213. KAPITEL

Raum M3
12:16 Uhr

Agent Baker rannte aufgeregt hin und her. Seine letzten Informationen hatten Okeanos offensichtlich nicht mehr erreicht und die Leitung war tot. Dabei waren die Nachrichten so wichtig gewesen. *Der Holding gehören von Karlsbergs Villa und das Gebäude in der 32. Straße. Seit der Poolerweiterung sind die Keller der beiden Häuser miteinander verbunden. Er hatte also die ganze Zeit über einen versteckten Ausgang. Michael von Karlsberg muss Sokrates sein!*

Die Digitalwand zeigte an, dass die SWAT-Teams in wenigen Sekunden am Einsatzort ankommen würden. Für Baker gab es nichts zu tun. Er musste tatenlos zusehen, wie die Ereignisse sich überstürzten.

Hoffentlich geht es Okeanos gut.

Sechsmal hatte er noch versucht, sie anzurufen – ohne Erfolg. Er brauchte einen Ansatz, irgendetwas zu tun, sonst würde er durchdrehen Er wandte sich dem Techniktisch zu. Doch das Globus-Hologramm, das er darüber erzeugt hatte, zeichnete nur wirre Verbindungen zwischen den einzelnen GPS-Positionen auf. Plötzlich fiel ihm jedoch auf, dass vier Punkte auf dem Erdball mehrmals markiert waren und deshalb stärker leuchteten als die anderen. Baker wandte sich wieder dem Stadtplan zu und verband in Gedanken die fünf Tatorte. *Das ist es! Er will, dass wir die Dinge verknüpfen, alles miteinander in Verbindung sehen.*

Sofort visualisierte er seine Idee mittels eines simplen Vektorprogramms auf dem Bildschirm und zog Verbindungslinien zwischen den Schauplätzen der einzelnen Verbrechen. Vier dieser Linien ergaben ein exaktes Rechteck. Verband man weiterhin die linke obere und die linke untere Ecke mit dem Fundort von Frau Huang, der genau im Zentrum des Naval Observatory lag, dann zog sich der griechische Buchstabe Sigma über diesen Bereich Washingtons.

$\sum$, die Initiale von Sokrates.

Tatsächlich! Es ist eine weitere Nachricht!

Sofort wandte er seine Aufmerksamkeit wieder dem Globus zu. Agent Baker hatte eine Idee.

***

214. KAPITEL

32. Straße, Kellerräume
12:16 Uhr

Bei Michael von Karlsbergs Anblick atmete Turner erleichtert auf.

„Was ist passiert? Michael, hilf mir. Schnell, bind mich los!"

Doch sein Gegenüber regte sich nicht. „Wieso sollte ich dich losbinden, wenn ich dich doch gerade erst festgebunden habe?"

„Du? Wie ist das ...? Warum tust du das?"

Noch flüsterte er, erfüllt von der Hoffnung, dass genau wie bei dem Banküberfall Frau Huang durch de Santiago, nun von Karlsberg durch Sokrates zur Mithilfe gezwungen werde und es noch eine Chance gebe, vor dem Eintreffen des Mörders befreit zu werden.

„Wo sind Helen und Tracy? Bitte, mach schnell! Wir sind doch alleine."

„Das wirst du noch früh genug sehen."

„Wo ist Sokrates?"

„Du verstehst offensichtlich immer noch nicht. *Ich* bin Sokrates!"

„Aber du warst doch bei der Entführung zu Hause. Und du hast mit Okeanos gesprochen, während sie mit Sokrates telefoniert hat. Ich war dabei!"

Von Karlsberg lachte. „Mein Gott, du konzipierst doch TV-Sendungen, oder?"

Er zog eine Fernsteuerung aus seiner Hosentasche, die verblüffende Ähnlichkeit mit dem Gerät besaß, das de Santiago bei dem Banküberfall benutzt hatte, und drückte auf einen Knopf.

„Hören Sie jetzt nur zu", tönte es verzerrt aus einem der vielen im Raum angebrachten Lautsprecher. *„Sie tun, was ich Ihnen auf Twitter befohlen habe. Sonst stirbt Frau Huang. Sie werden weitere Anweisungen erhalten."*

Turner war geschockt, doch die nächste Einspielung stach ihm direkt ins Herz. Es waren die schrecklichen Hilfeschreie seiner Tochter.

„Ach, du dachtest, die seien echt? Nein, wir leben jetzt in einer neuen Dimension. Nichts muss mehr real sein."

In seiner Verzweiflung sah Turner zu Farrow hinüber, der immer noch zitternd und apathisch vor sich hin murmelte. Von ihm war keine Hilfe zu erwarten. Plötzlich wurde dem Journalisten bewusst, dass der Raum, in dem sie sich befanden, täuschende Ähnlichkeit mit seinem Studio 3 hatte. Allerdings war er wesentlich kleiner als der Aufnahmeraum.

„Das sieht hier genauso aus wie in meinem Studio. Was willst du von mir? Sag mir, was du verlangst! Warum quälst du all diese Menschen? Für was? Was hat meine Familie mit dem Banküberfall zu tun?"

Die Fragen sprudelten nur so aus dem Mann heraus. Die ganze Situation ergab für ihn keinen Sinn.

„Du hast für mich einen ganz besonderen Wert. Du bist mein Tauschpfand."

„Wie bitte, wogegen willst du mich denn eintauschen?"

In diesem Augenblick öffnete sich hinter Sokrates eine kleinere Türe, die, wie zuvor der Garagenzugang, in eine große Schiebetüre eingearbeitet war. Turner war für eine Sekunde von der Hoffnung erfüllt, es müsse das rettende FBI sein.

„Hilfe, hierher!", schrie er erleichtert.

Doch es erschien jemand anderes. Alice Liddell alias Vittoria del González Flores betrat den Raum und blickte ihn hasserfüllt an.

„Herr von Karlsberg, es ist alles vorbereitet. Die Familie gehört Ihnen. Und jetzt will ich mein Opfer!"

***

12:17 Uhr

Okeanos war nun komplett von der Außenwelt abgeschnitten und vollkommen auf sich selbst gestellt. Systematisch suchte sie die Gänge ab. Ihr Orientierungssinn war gut ausgebildet und sie konnte die zurückgelegten Strecken in ihrem Kopf wie einen Plan visuell darstellen. Ausgehend vom Eingang, war der Keller durch drei Längs- und mehrere Quergänge unterteilt, wobei der links verlaufende Korridor in einem kleinen Raum endete. Genau dort befand sich die Agentin jetzt. Das Ausleuchten des dunklen Raumes mit der Lampe ihres Handys beanspruchte stark ihre Handybatterie und sie lief damit Gefahr, diese binnen kurzem komplett aufzubrauchen. Direkt hinter dem Eingang lag eine Cyberbrille auf dem Boden, daneben befand sich eine dunkle Flüssigkeit, die Okeanos' geschultes Auge sofort als frisches Blut erkannte. Sie scannte weiter den Raum, während sie das High-Tech-Gerät an sich nahm. Zum zweiten Mal in ihrem Leben setzte sie nun eine dieser Brillen auf. Das Gerät war durch die Erschütterung des Aufpralls beschädigt worden und lieferte ihr zunächst nur ein flimmerndes Farbrauschen. Sie griff zu einem alten Hausmittel und klopfte leicht gegen das Gehäuse. Augenblicklich wurde das Bild scharf.

Was die Agentin jetzt sah, beunruhigte sie zutiefst. Die Monitore zeigten ihr die aktuelle Situation des großen Kellerraumes. Die unruhigen, fast zittrigen Bilder wurden offenbar aus Jack Farrows Sicht übertragen, denn neben dem überwältigten Troy Turner und einer unbekannten Frau erblickte sie Michael von Karlsberg. Das Lautsprechermodul war defekt und so konnte sie das Gespräch nicht hören, doch die Bilder waren eindeutig genug, um ihr eines klarzumachen: Ihr inzwischen so erfolgreich verdrängter Anfangsverdacht war zur Tatsache geworden, Michael von Karlsberg war Sokrates. Mit einem Schlag zerbarst die lang ersehnte Erfüllung ihres großen Wunsches nach Liebe. Doch Okeanos blieb ihrer professionellen Rolle treu. Gnadenlos drängte sie die gestern noch so glückliche Messine in die hinterste Ecke ihres Bewusstseins und die Spezialagentin übernahm die Führung.

Was für eine Närrin ich doch war, aber ich erwische dieses Schwein!

Aus dem Eingangsbereich drangen laute metallische Schläge. Augenblicklich fühlte sich Okeanos besser, sie war nicht mehr alleine. Offensichtlich waren die Spezialisten des Human-Rescue-Teams angekommen und versuchten, sich gewaltsam Zugang zu dem Kellerlabyrinth zu verschaffen. Doch die Uhr tickte. Sie kannte den Gesichtsausdruck von Menschen, die entschlossen waren, rohe Gewalt anzuwenden. Diesen Ausdruck trug jedoch nicht etwa Sokrates' Gesicht. Es war die unbekannte Frau, deren Miene der Agentin die klare Botschaft übermittelte: Troy Turner und Jack Farrow schwebten in unmittelbarer Lebensgefahr.

***

12:17 Uhr

Beide Gefangenen waren starr vor Angst. Selbst Jack Farrow, der bis zum Erscheinen der Frau nur vor sich hin gestiert hatte, verfolgte nun am ganzen Körper zitternd jede Bewegung der Unbekannten. Obwohl durch die Geschehnisse der letzten drei Tage beiden Journalisten die barbarische Brutalität Sokrates' nur allzu deutlich geworden war, kannten die gefesselten Männer auch von Karlbergs feinfühlige Art, was bei ihnen die Hoffnung auf einen Schimmer von Menschlichkeit in dieser Doppelidentität erzeugt hatte. Doch mit dem Erscheinen dieser Frau schien alle Hoffnung verloren. Bei ihr war das komplette Gegenteil der Fall. Sie strahlte nichts als Hass und Verbitterung aus. Alice stand nun neben Sokrates und musterte Turner wie ein Jäger, der stolz seine Beute betrachtet.

Einem Überlebensreflex folgend, suchten Turners Augen den gesamten Raum nach irgendetwas ab, das ihm helfen könnte, so verzweifelt und töricht dieser Gedanke auch sein mochte. Dabei blieb sein Blick an einem Detail hängen, das ihm noch mehr Angst einjagte. Genau darauf hatte auch Jack Farrow die ganze Zeit schon gestarrt. An der Wand hing ein großes HD-Display, welches Sokrates' Webseite zeigte. Und diese kündigte durch ein schlichtes *Start in Kürze* die Episode VI an. Turner begann zu schwitzen, denn natürlich musste er davon ausgehen, dass Jack Farrow und er selbst die zum Tode geweihten Protagonisten dieser neuen Episode sein würden. Plötzlich hatte er nur noch einen Wunsch.

„Lasst mich meine Familie sehen, bitte!", flehte.

Sofort sprang Alice vor und schlug ihm brutal ins Gesicht.

„Deine Videobilder haben uns beiden die Familien zerstört, dafür wirst du jetzt büßen. Deine Familie kannst du im Jenseits wiedersehen."

Dann wandte sie sich an von Karlsberg.

„Lassen Sie mich mit ihm allein, wir haben nicht viel Zeit. Ihre kleine Gespielin ist bereits seit einigen Minuten hier im Keller und auch das Einsatzkommando ist vor wenigen Augenblicken auf dem Gelände eingetroffen."

Sokrates betätigte abermals die Fernbedienung und ein weiterer Monitor zeigte über eine Außenkamera, wie einer von zehn Spezialagenten Plastiksprengstoff an der Kellertüre anbrachte. In einer dritten Nahaufnahme lief Okeanos zügig durch einen Kellergang.

Diese Bilder gaben dem gefangenen Troy Turner wieder Hoffnung. Er musste Zeit gewinnen, die beiden vorsichtig in ein Gespräch verwickeln.

„Michael, für was bin ich dein Tauschpfand?"

„Du hast immer noch nicht verstanden. Glaubst du wirklich, dass ich einem unkontrollierbaren Trieb folge und jeden abschlachte, der in der Bank war?"

„Also hast nicht du diese Menschen getötet, sondern sie?"

„Genau genommen habe ich niemanden getötet. Frau Stein hat sich selbst hingerichtet. Ich habe sie nur dafür vorbereitet. Sie hatte sich aus der Affäre ziehen wollen und meine Familie an den Bankräuber verraten. Das musste ich rächen. Aber der Rest war ein Deal."

„Ein Deal?"

„Weißt du, wer ich bin?" Die Augen der Frau funkelten gefährlich bei dieser Frage. Gleichzeitig zog sie einen Rollwagen in Turners Richtung. Der Anblick ließ den gefesselten Mann noch mehr verzweifeln. Vor ihm blitzte fein säuberlich geordnetes Medizinerbesteck, das keinen Zweifel über das Ziel dieser Frau ließ: Turner sollte online und live zu Tode gequält werden. Alice nahm ein vergilbtes Foto aus ihrer Tasche und klemmte es auf dem Wagen fest, sodass der Mann auf dem Bild ihn anblickte. Er kannte das Gesicht.

„Das war mein Mann, Carlos de Santiago. Deine Onlineübertragung hat alles zerstört. Diesmal wirst du Mittelpunkt der Geschichte sein. Und jetzt wird er dir beim Verrecken zusehen. Bei den anderen beiden Schweinen saß er ebenfalls in der ersten Reihe."

Es ertönte ein dumpfer Knall. Troy Turner blickte für den Bruchteil einer Sekunde auf den Monitor. Die Männer auf dem Bildschirm verschwanden nacheinander in dem freigesprengten Kellereingang.

„Dann habt ihr euch die Opfer geteilt? Wieso Frau Huang und Jack Farrow, warum um Himmels willen meine Familie?"

„Die Sekretärin war nur ein Mittel zum Zweck. Und Farrow hat sich selbst reingeritten durch seinen Übereifer und seinen Stolz." Sokrates zog eine Pistole. „Das wird ihn jetzt das Leben kosten. Und deine Familie ist Alices Einsatz, um dich zu kriegen. Das ist der Deal, ich bringe dich und sie entführt für mich deine Familie. So haben wir es abgesprochen, als sie mich kontaktiert hat. Ich habe das Geld und die Verbindungen, sie besitzt durch ihre CIA-Erfahrung das nötige Know-how. So können wir beide unsere Rache üben."

Alice wurde ungeduldig.

„Sokrates wird dir jetzt genau das nehmen, was du uns genommen hast. In Kürze wirst du hilflos dabei zusehen können, wie deine Familie stirbt, und gleichzeitig selbst durch gezielte Stiche in besonders schmerzvolle Bereiche deines Körpers ausbluten. Und dabei ist es völlig egal, ob Hilfe kommt. So, wie ich dich aufschlitzen werde, kann kein Arzt mehr etwas gegen die üblicherweise 28-minütige, qualvolle Sterbeprozedur tun." Ohne Sokrates anzusehen, gab sie den Startschuss für das Vorhaben. „Lassen Sie uns endlich anfangen!" Ihre Hand griff nach einem langen, wie ein Korkenzieher gedrehten Metallgegenstand und sie tippte mit dem Zeigefinger auf die Spitze. „Nicht mehr ganz scharf, aber er wird zuverlässig seinen Zweck erfüllen."

„Gut, lass mich bloß vorher noch Farrow erledigen."

Sokrates stellte sich hinter Alice und zielte direkt auf Farrows Stirn.

„Machen Sie schnell und dann lassen Sie mich mit ihm alleine. Bei dem bestialischen Geschrei, das er loslassen wird, werden Sie sonst vielleicht noch weich!"

Farrow interessierte die Ex-CIA-Agentin einen Dreck, sie hatte es sich in den Kopf gesetzt, Turner zu Tode zu quälen. Sie lehnte sich wenige Zentimeter vor sein Gesicht, starrte ihm tief in die Augen und setzte das Folterinstrument unterhalb seiner rechten Niere an.

„Was mich schon immer gewundert hat, ist der Umstand, dass sich bei Menschen in Todesangst die Pupillen erweitern. Diese sollten doch eher besonders klein werden, um die bösen Eindrücke nicht in die Seele zu lassen, richtig? Und jetzt will ich sehen, wie es dir beim Eindringen dieses Spielzeugs in deinen Körper die Pupillen noch weiter aufreißt."

Jetzt zitterte Troy Turner vor Angst am ganzen Körper. Es gab keinen Ausweg mehr. Er war hilflos seinen Feinden ausgeliefert. Hoffnungslos schloss er die Augen, bat genau wie von Karlsberg vor drei Jahren seine Frau Helen und seine kleine Tochter Tracy um Vergebung und wartete auf den stechenden Schmerz. Der Schuss ließ ihn zusammenzucken. Jetzt war er mit den brutalen Mördern alleine.

***

12:20 Uhr

Okeanos hörte einen Schuss. Die Explosion eine Minute zuvor hatte der Agentin das erfolgreiche Eindringen ihrer Kollegen bestätigt und die schweren, rhythmischen Schritte zeigten ihr, dass die Verstärkung nur wenige Meter hinter ihr war. Doch der Schuss kam aus einer anderen Richtung. Unmittelbar vor ihr musste sich der gesuchte Raum befinden.

Mittlerweile hatte sie die Funktionen der einzelnen Bedienelemente der Cyberbrille herausgefunden. Um einen besseren Überblick über die Lage zu erhalten, hatte sie die Aufzeichnungen der Brille zurückgespult und daraufhin Farrows Überwältigung, den vermeintlichen Angriff auf von Karlsberg und die Attacke gegen Turner aus mehreren Perspektiven ansehen können. Durch ihr Herantasten an die Bedienungsweise war aber die Vernetzung mit den anderen Brillen aufgehoben worden und sie bekam nun keine aktuellen Bildeinspielungen mehr von Farrows Gerät. Jetzt hatte sie nur noch die alten Bilder aus Turners Kamera als Wegweiser, denen die Agentin zügig folgte, um schneller an ihr Ziel zu gelangen.

Plötzlich stand sie vor einer blutverschmierten Metalltüre. Am Boden lag eine zerbrochene Brille. Hier war Turner also

angesprungen worden und hier war auch die Videoaufzeichnung zu Ende.

„Messine, was macht denn du hier?"

Eine bekannte Stimme rief sie an. Es war Special Agent
Smith.

„Von Karlsberg ist Sokrates. Er befindet sich gemeinsam
mit Jack Farrow, Troy Turner und einer Frau hinter dieser
Türe. Schnell, brecht die Türe auf, er ist bewaffnet."

***

EPISODE VI
12:20 Uhr

„NUN ABER IST ES ZEIT FORTZUGEHEN, FÜR MICH, UM ZU STERBEN, FÜR EUCH, UM ZU LEBEN: WER ABER VON UNS DEM BESSEREN LOS ENTGEGENGEHT, DAS IST ALLEN VERBORGEN, AUSSER GOTT."

SOKRATES

215. KAPITEL

World Wide Web – Sokrates' Webseite
12:20 Uhr

Die über 200 Millionen Zuschauer hatten die zehn Minuten seit dem Zugriff fiebrig auf neue Einspielungen gewartet. Jeder wartete auf Informationen darüber, was mit der Mutter und dem Kind war, wie die Abstimmung ausgegangen war, wie es nun weitergehen sollte. Die schlichte Webseite startete um Punkt 12:20 Uhr wieder und erlaubte ihrem Publikum, aus den unterschiedlichsten Motivationen am Schicksal anderer teilzuhaben. Sokrates Lieyes wurde immer professioneller, spielte mit Kameraeinstellungen, Identitäten, Zeit, Raum und letztendlich mit den Zuschauern. Episode VI musste endlich die wichtigste Frage beantworten: Wer ist Sokrates?

Die Webseite zeigte nun einen Raum mir gewölbter Decke, darin diverse Bildschirme, Kameras, drei lebende Personen und eine Leiche, deren Kopf zu einem Drittel aus nächster Nähe weggeschossen und dadurch schrecklich verunstaltet war. Hinter Turners Gefangenenstuhl war eine Glaswand mit kleinen runden Öffnungen zu sehen, ähnlich der transparenten Schutzwand, die in *Das Schweigen der Lämmer* die Agentin Clarice Starling und den Serienmörder Hannibal Lecter vermeintlich sicher voneinander getrennt hatte.

***

---

216. KAPITEL

32. Straße, Kellerräume
12:20 Uhr

Turner öffnete die Augen und spürte eine dickflüssige, warme Substanz, die langsam an seinem Gesicht hinunterlief. Auf seinem Hemd klebte zwischen Blutspritzern und Haaren grauweißes menschliches Gewebe. In Erwartung eines grausamen Anblicks sah er zu Farrow. Doch sein Geschäftspartner war unverletzt, allerdings wie versteinert von der gerade durchlebten Erwartung des eigenen Todes. Auf dem Boden vor ihm lag Alices Körper in einer riesigen Blutlache. Der Anblick des erheblich massereduzierten Frauenschädels war schrecklich. Umso unerträglicher durchzuckte ihn das Bewusstsein, dass ein Teil dieser Leiche an seinem eigenen Körper klebte.

Doch die Situation hatte paradoxerweise für ihn eine gute Seite. *Hat Michael doch nur geblufft und auf den richtigen Moment gewartet, um uns zu retten?*

Turner sah den Mann hoffnungsvoll an. Jedoch richtete sich seine Hoffnung nicht auf sein eigenes Wohlergehen, sondern auf seine Familie. Was ihn selbst betraf, so ließen die intensiven letzten Stunden ihn in eine seltsame Gleichgültigkeit gegenüber seinem eigenen Leben tauchen. Zudem verlieh ihm das Bewusstsein, bis jetzt überlebt zu haben, ein gewisses Gefühl der Immunität gegen weitere Todesängste. Er fühlte sich nun vollkommen ruhig, die ungeheure Anspannung der letzten Minuten war von ihm abgefallen.

„Michael, auf welcher Seite stehst du?"

„Auf meiner eigenen. De Santiago habe ich genauso sehr gehasst wie seine Komplizin. Seit dem Moment, da sie mich kontaktiert hat, habe ich nur darauf gewartet, sie zu töten. Aus meiner Sicht haben vier Menschen den Tod meiner Familie zu verantworten. Drei davon sind bereits zur Rechenschaft gezogen worden. Jetzt geht es nur noch um dich und deine Familie."

Turner schüttelte ungläubig den Kopf.

„Was willst du? Gott spielen? Das ist Selbstjustiz, was du da machst, nichts anderes."

„Gott?" Sokrates wurde lauter. „Welchen Gott meinst du? Und welche Gottesgesetze sollte ich anwenden, um die Dinge zu richten, die geschehen sind? An welchen Gott glaubst du? Was wurde dir denn als Wahrheit beigebracht?"

Turner zögerte mit seiner Antwort, er war sich nicht sicher, ob eine Diskussion über Glaube ihm in dieser Situation helfen könnte. Aber er musste Zeit gewinnen, denn irgendetwas erfüllte ihn mit der Überzeugung, dass seine Familie noch lebte, und selbst wenn er selbst jetzt sterben musste, konnte das anrückende FBI Helen und Tracy vielleicht noch retten.

„Antworte!" Sokrates Stimme wurde schärfer.

„Ich bin Christ, und so, wie ich es sehe, haben alle Religionen denselben Gott."

„Das siehst du falsch! Selbst wenn das so wäre, wieso sollte dieser Gott dann gleich drei Propheten geschickt haben, die inzwischen seit Jahrtausenden ihre Anhänger aufeinander einschlagen lassen?"

„Worauf willst du hinaus?"

„Ich will dir deine Frage beantworten. Nehmen wir an, ich wolle Gott spielen. Deinen Gott. Wie mächtig ist er denn, dein Gott? Sein Sohn konnte zwar angeblich über Wasser gehen, seine Allmacht aber nicht einmal über ein paar hohe Berge nach Osten transportieren. Das konnten viele antike Kulturen übrigens auch nicht: Tatsächlich war Wasser schon immer ein Weg der Migration, während Berge oft unüberwindliche Hindernisse dargestellt haben."

„Was willst du mir mit dieser Lehrstunde sagen?"

„Es gibt drei monotheistische Weltreligionen und daneben etliche andere Religionen und Philosophien. Die monotheistischen Religionen sind allesamt westlich des Hindukusch entstanden. Glaubst du wirklich, ich wolle einem Gott folgen, der nicht einmal den Hindukusch überwinden konnte?"

Dieses Gespräch über Gott und Religion überforderte Turner. Er saß gefesselt auf einem Stuhl, vor ihm eine Leiche, sein Geschäftspartner in Schockstarre neben ihm, seine Familie vermisst – und der Mörder verwickelte ihn in aller Seelenruhe in ein Gespräch über Glaubensfragen, während im Hintergrund das FBI ohne Unterlass einen Rammbock gegen Metall donnerte. Dieses rhythmische Dröhnen war es, das ihn mit Hoffnung erfüllte. Bis zum Eingreifen des FBI musste er Ruhe bewahren und mitspielen, um dann im richtigen Moment diesem Schwein das Messer an die Kehle zu setzen und ihm die Information über den Verbleib seiner Familie, wenn es sein musste, förmlich aus dem Leib zu schneiden. Das nötige Werkzeug dazu spürte er deutlich in seiner Hosentasche. Die Waffe gab ihm die Kraft, weiter durchzuhalten.

„Was hat das alles mit uns zu tun?"

„Was ist, wenn du alles verlierst? Wenn du alles, was du liebst, deine Frau, dein Kind, sterben siehst, stirbt dann nicht auch dein Glaube? Kannst du ohne Glauben leben? Worin besteht dann noch der Sinn des Lebens?"

Turner wurde erneut angstvoll bewusst, wie kurz er selbst vor dieser Erfahrung stand.

„Ich kann das verstehen, natürlich. Trotzdem muss das Leben aber weitergehen, ein neuer Sinn gefunden werden. Gerade dann hilft doch der Glaube an etwas Höheres. Selbst wenn du durch den Tod deiner Familie Atheist geworden bist, kannst du trotzdem an etwas Größeres glauben."

„Du verstehst das? Ich habe es erlebt und verstehe es selbst nicht genau. Aber keine Angst, du wirst deine Chance erhalten, das ebenfalls zu durchleben, dann wirst du vielleicht besser verstehen."

Die Worte wirkten wie eine Prophezeiung. Sokrates führte seine Erklärungen fort, ohne dem Dröhnen des FBI-Rammbocks die geringste Aufmerksamkeit zu schenken.

„Und wieso sollte ich zum Atheisten geworden sein? Eher noch bin ich Agnostiker. Aber was passiert, wenn selbst dein *Größeres* versagt? Auf einmal keinen Einfluss mehr auf deine Welt hat? Verlierst du dann wieder deinen Glauben und suchst endlos nach einer neuen *größeren Sache?* Nein, wenn nichts mehr übrig ist, bist nur noch du selbst da. Ich selbst muss also Gott sein."

Turner schüttelte den Kopf und wurde trotz seiner Lage nun aggressiv.

„Also spielst du doch Gott! Glaubst du, durch deine Erlebnisse die absolute Wahrheit erkannt zu haben und willst jetzt über Leben und Tod entscheiden?"

„Du hast noch immer nicht verstanden!"

„Wenn das so ist, dann sei wenigstens ein guter Gott."

„Also erkennst du jetzt, dass das, was ich durchgemacht habe, mich zu Gott gemacht hat? Denn ich muss neue Regeln und Werte schaffen, losgelöst von gesellschaftlichen Konventionen, von allen Religionen, von jeglichem menschlichen Konstrukt. Nur so kann ich in letzter Konsequenz noch an etwas glauben und Werte haben, wenn alles um mich herum zusammenbricht. Du hast das erkannt?"

Turner war dieser Gedankengang neu. Er spürte, dass Sokrates ihm etwas Wichtiges mitteilen wollte. Nun war die Frage, ob dies die Argumentation eines Verbrechers war, der seine nächste Tat legitimieren wollte, oder ob er darauf wartete, dass sein Opfer seine eigene Schuld erkannte, um daraufhin Milde walten lassen zu können.

„Ja, ich kann deinem Gedanken folgen. Aus dieser Sicht kannst du tatsächlich dein eigener Gott sein. Aber du darfst deswegen nicht über andere richten! Bitte, was immer dich bewegt, du kannst dich für das Gute entscheiden."

„Das Gute?"

„Wenn du dein eigener Gott bist, dann muss es doch um so zwingender ein allgemeingültiges Gut oder Böse geben, das du anerkennst. Dann ist es deine Entscheidung, welchem Weg du folgst. Und es ist allgemeingültig, dass Töten falsch ist! Ebenso, dass Vergeben gut ist. Sei ein guter Gott!"

Sokrates schnalzte nachdenklich mit der Zunge.

„Nehmen wir einmal an, ich vergebe. Ist das *allgemein* als richtig anerkannt? Wo verläuft denn die Grenze zwischen deiner Anschauung und der eines Menschen, dem Rache als richtig beigebracht wurde? Wen von euch soll ich mit meiner Entscheidung enttäuschen? Nein, so einfach ist das nicht. *Allgemeingültigkeit* existiert nur in deinem Kopf. Deine Ansichten dazu sind geprägt von den Normen deines sozialen Umfelds. Du bist aber gerade jetzt mit der gesamten Welt verbunden. Nicht nur mit der westlichen."

Sokrates deutete auf den Monitor.

„Sieh her! 204.765.987 Menschen aller Couleur. Alle sehen uns zu, wollen eine Entscheidung. Wo ist da jetzt der allgemeingültige Konsens? Wer definiert den? Wer überwacht ihn und wer überwacht den, der ihn überwacht? Soll diese Aufgabe wieder etwas Metaphysisches wie *dein* Gott übernehmen, der machtlos wird, sobald du über eine von Menschen geschaffene Grenze von einem Land in ein anderes fährst? Verstehst du langsam, auf was ich hinaus will?"

Obwohl diese Aussagen für sich genommen stimmig waren, erkannte Turner die Aussichtslosigkeit der Situation. Sokrates legte sich die Tatsachen nur noch zurecht, um seine Verbrechen zu rechtfertigen, nicht, weil er zu einem Ergebnis kommen wollte. Sokrates' Plan stand längst fest und würde nicht mehr geändert werden. Verzweiflung machte sich in

Troy Turner breit und verdrängte die gerade erst gefundene Ruhe wieder. Er fing an zu betteln.

„Ich flehe dich an, töte nicht noch mehr Menschen. Welchen Sinn sollte es haben, weiteres Blut zu vergießen?"

Michael von Karlsberg alias Sokrates legte seinen Zeigefinger auf Turners Lippen und blickte auf seine Uhr.

„Schhh! Dein Winseln verwirrt nur deinen Geist. Das FBI steht längst vor der Türe. Ich denke, ich werde dir zum Abschluss noch etwas über den Sinn meiner Taten erzählen und du wirst mir gut zuhören."

Das rhythmische Schlagen des Rammbocks verstummte. Doch niemand stürmte den Raum. Alles blieb still.

***

12:22 Uhr

Die zwei SWAT-Agenten legten erschöpft den Rammbock auf den Boden. Einer der Männer fuhr sich mit der flachen Hand einmal über den Hals – ein klares Zeichen dafür, dass sie nicht weiterkamen.

„Die Türe muss verstärkt sein, da müssen wir mit dem Schweißbrenner ran."

Trotz der vielen kraftvollen Schläge zeigte die Stahltüre lediglich in der Mitte stärkere Verformungen. Die wichtigen Bereiche um die Scharniere herum hatten dem Druck standgehalten.

„Was ist mit Sprengen?", wollte Smith wissen.

„So wie es jetzt ist, würde die Sprengung in unsere Richtung losgehen. Das müsste vorher alles mehrfach gesichert werden. Sonst ist es viel zu riskant. Wir müssen erst Teile herausschweißen, danach können wir sprengen."

Smith stand unter enormem Druck. Seitdem sie in das Kellerlabyrinth eingedrungen waren, war der Internetkontakt komplett ausgefallen, sogar ihre Handys hatten keinen

Empfang mehr. „*Störsender*", hatte ein SWAT-Teamleiter vermutet. Mittlerweile mussten ihnen die Geschehnisse der Episode VI über Funk von einem Agenten durchgegeben werden, der mit einem Tablet-PC vor dem Haus stand. „Die Frau, ich wiederhole, die Frau und keiner der Gefangenen wurde vom Täter erschossen. Die Zugriffsperson ist weiterhin bewaffnet und spricht mit Troy Turner", war die letzte Nachricht, die das Team erreicht hatte.

Okeanos war kurz davor, die Nerven zu verlieren. Aufgeregt lief sie umher und beobachtete das allzu langsame Vorankommen der nun begonnenen Schweißarbeiten.

„Jungs, macht schneller. Es kann jede Sekunde weitere Opfer geben."

Das war jedoch nicht der einzige Gedanke, der sie quälte. Der Mann, in den sie sich gerade so sehr verliebt hatte, war ein Mörder. Außerdem wurden weiterhin eine Frau und ein Kind vermisst. Und nur zwei Menschen hatten bis vor wenigen Augenblicken den Aufenthaltsort dieser Entführungsopfer gekannt. Eine dieser Personen war gerade eben erschossen worden. Sokrates würde dieses Geheimnis im Falle seines Umkommens mit ins Grab nehmen. Sie kannte die Wut, die jetzt in ihren Elitekämpfern brodelte. Sokrates hatte ihren Boss und einen Kollegen von ihnen abgeschlachtet. Das forderte Rache. Und dieser Umstand war für Sokrates selbst vor laufenden Kameras gefährlich. Lebensgefährlich! Jedoch besaß Okeanos keinerlei Legitimation mehr, Anweisungen zu geben. Smith tolerierte seine suspendierte Vorgesetzte nur aus tiefem Respekt am Tatort. Egal, was passierte, Sokrates musste so lange am Leben bleiben, bis sie wussten, wo Turners Familie war. Und unter den jetzigen Umständen war genau das nicht mehr gewährleistet, alle wollten Sokrates' Tod sehen.

Doch wie Okeanos bald herausfinden sollte, waren es nicht die aufgebrachten SWAT-Agenten, die die tödliche Gefahr darstellten. Es war jemand ganz anderes.

Sokrates nahm genau so einen grauen Klebestreifen, wie ihn Carlos de Santiago benutzt hatte, und zog das Band über Turners Mund. Danach begann er seinen Monolog.

„Du bist schlau, du hast mich nach dem Sinn gefragt. Das ist die eigentliche Frage. Was glaubst du, vielleicht will ich einfach nur Rache? Ist am Ende alles nur Trieb? Und nichts weiter als das? Aber welchen tieferen Sinn hatte dann der Tod meiner Familie? Dass ich zu der Erkenntnis komme, letztendlich mein eigener Gott sein zu müssen, Werte zu leben, die allen soziokulturellen Konventionen entbehren? Meine Familie hatte einen höheren Wert für mich als diese Erkenntnis besitzt. Wenn ich zu Gott geworden bin und dir als solcher jetzt vergäbe, worin läge dann der höhere Sinn? Was wären die Werte? Ich habe gemordet, Menschen Leid zugeführt. Wenn ich jetzt nachgebe, dann werde ich von dir entthront, von einem Menschen. Du musst erst durch die Schmerzen gehen, die ich erlebt habe, um zu deinem eigenen Gott werden zu können. Dann wären wir gleichberechtigte Gesprächspartner, doch bis jetzt ist alles, was du sagst, nur Blasphemie. Wenn ich dem nachgäbe, verleugnete ich mich selbst."

Anstelle der donnernden Schläge war jetzt ein lautes Rauschen zu hören, das Turner nicht einordnen konnte. Sokrates' Ausführungen über Gott vermittelten ihm nur noch deutlicher den Eindruck, dass das traumatische Ereignis den Witwer in den Wahnsinn getrieben hatte. Es hatte keinerlei Sinn, dem Irrsinn dieser Gedankengänge weiter zu folgen. Stattdessen überfielen ihn nun wieder viel drängendere Fragen: *Wo ist meine Familie? Was hält das Scheiß-FBI auf? Die waren doch schon vor Ewigkeiten hier vor der Tür!*

Als könne sein Peiniger seine Gedanken hören, kam sofort die Antwort. „Ich habe meine Entscheidung seit langem getroffen, es wäre völlig sinnlos, sie jetzt umzustoßen. Aber ich gebe das Zepter an dich weiter. Du kannst dann selbst entscheiden, gut oder böse zu sein. Und ich habe dir eine Plattform geschaffen: ein weltumspannendes Medium. Schau auf diese Bilder."

Sokrates wandte sich den Bildschirmen zu. Die Webseite zeigte neben der Szene im Raum selbst auch die Situation vor der Türe. Jetzt sah Turner, woher das Rauschen kam. Und neben den Aufnahmen von den Schweißarbeiten lief wie schon so oft zuvor eine Uhr rückwärts. In diesem Moment stand der Zähler auf dem Monitor bei 512.

„Wir haben viele Millionen von Zuschauern, viele Millionen haben den *Gefällt-mir*-Button geklickt, Geld gezahlt, weil sie dachten, damit das Schicksal deiner Tochter beeinflussen zu können. Dafür haben sie sich Morde angesehen. Hast du die Entwicklung bemerkt? Diese Menschen haben erst beobachtet, sich dann beteiligt und am Ende über das Schicksal deines Kindes mitbestimmt. Damit sind wir zurück im Kolosseum, *Brot und Spiele*. Daumen hoch, Daumen runter. Wie im *Milgram-Experiment* haben sie sich langsam an eine Situation gewöhnt, die in direktem Widerspruch zu ihrem Gewissen stand. Nur, dass sie sich unbewusst die Stromschläge selbst zugefügt haben. Wo ist also für diese Menschen die allgemeingültige Grenze zwischen Gut und Böse? Wo ist die Grenze, an der sie verstehen, wann Schluss sein muss, in einem Medium, das so neu und unkontrollierbar ist? Was sagt es über die herrschenden Werte aus, wenn ein Medium alle erreicht und sie unerkannt über ihre Grenzen führen kann? Erinnerst du dich an unser Gespräch im Wagen? Wo ist deine eigene Grenze, an der du erkennst, dass du diesen Menschen nichts noch Extremeres mehr geben darfst? Ich konnte es nicht verhindern, dass der Tod meiner Familie von sechs Millionen Zuschauern angesehen wurde, weil dein

Selbstbild das eines Journalisten war! Warst du in dieser Situation ein Mensch oder nur eine Karikatur deiner selbst? Wo waren da deine allgemeingültigen Einheiten *Gut* und *Böse*? Bis heute hast du die Konsequenzen deines Handelns in der Bank nicht verstanden, da du gar nicht wirklich dabei warst. Es hat dich nicht berührt, gar nicht erreicht, hatte keinerlei Einfluss auf dein wirkliches Leben. Du warst nur der Journalist, konntest mit deiner verdrehten Selbstwahrnehmung dein Handeln jederzeit verteidigen, wurdest sogar noch dafür belohnt. All diese Zuschauer sind jetzt in der gleichen Situation wie die Zuschauer damals. Sie werden bald zusehen, wie drei Menschen getötet werden, ohne dabei die geringste Gefahr für sich selbst zu verspüren. Geschützt durch die Glasscheibe des Bildschirms, in der Privatsphäre ihres Wohnzimmers, wird der Voyeurismus zur Normalität. Strafe kann man jedoch nur am eigenen Leib erfahren. Aber glaube mir, die digitale Welt ist lange schon physisch in die Seelen der Menschen eingedrungen."

Das Rauschen stoppte. Turner erkannte, dass jetzt Sprengstoff an der Türe angebracht wurde. Es konnte nur noch Sekunden dauern, bis sich die Einsatzkräfte Zugang zu ihnen verschafft hatten.

Sokrates sah erneut auf die Uhr und riss Turner das Klebeband weg.

„Hast du jetzt verstanden, was ich will? Mein Leben ist vorbei, deines kannst du noch retten. Und 200 Millionen Zuschauer können dir dabei folgen. Würde das nicht dem Tod meiner Familie einen höheren Sinn geben, wäre diese Sache nicht wert, für sie zu sterben?"

„So wie einst Sokrates?"

„Genau so. Troy, werde zu meinem Schüler! Zu meinem Abbild!"

„Aber du lebst und Unschuldige werden sterben! Wo ist meine Familie?"

„Die Zeit ist um. Meine Erlösung naht. Ich hoffe für dich, du hast alles verstanden. Ich bin sicher, du wirst dir meine Worte noch oft ansehen. Lebe wohl."

„Sag mir, wo meine Familie ist!", schrie er aus tiefster Seele.

In diesem Moment donnerte eine ohrenbetäubende Explosion durch den Raum. Hinter Turners Rücken ertönten gedämpfte Laufschritte und wie so oft in den letzten Tagen erfüllten kurze militärische Anweisungen den Raum.

Doch keiner der FBI-Agenten kam an die Zugriffsperson heran und die Fußtritte verstummten. Entsetzt erkannte Troy Turner erst jetzt durch die Einspielungen auf dem Monitor, dass sich zwischen ihm und dem Rettungsteam ein weiteres Hindernis befand: die Panzerglaswand, durch deren Luftlöcher nun die Mündungsläufe der FBI-Gewehre zielten. Augenblicklich tanzten auf Sokrates' Gesicht vierzehn rote Lichtpunkte.

Doch dieser blieb völlig ruhig. Er blickte einen Menschen an, der ihn in tiefster Enttäuschung in die Augen sah und gleichzeitig mit der Pistole auf ihn zielte. Es war Okeanos, die dem einstigen Traumbild ihres vergeblich ersehnten Lebenspartners nun scharfe Worte zurief.

„Michael, ergib dich sofort. Du hast keine Chance. Richte nicht noch mehr Unheil an. Diese Männer wollen dich eliminieren. Du spielst mit deinem Leben."

„Plastiksprengstoff, schnell", rief Smith.

Turner mischte sich ein.

„Sie werden dich zwingen, das Versteck meiner Familie preiszugeben, tu es jetzt, freiwillig. Das wird dir zugutegehalten werden. Lass meine Familie frei."

Er wusste genau, dass Sokrates die einzige Verbindung zu seiner Familie war, falls diese sich nicht hier im Gebäude befand. So sehr er sich Sokrates' Tod wünschte, er musste ihn dazu bringen, diese Information preiszugeben.

In diesem Moment steckte Sokrates die rechte Hand in seine Hosentasche, wo sich Turners Wissen nach die Fernbedienung befand, und wandte sich zum Monitor. Sokrates drückte auf einen Knopf. Augenblicklich wurde das Licht heruntergedimmt. An allen Wänden erschienen Projektionen. Sie bildeten die Empfangsebene der Privatbank Genf AG ab. Im gleichen Moment ertönte Musik, Vivaldis *Sommer* der *Vier Jahreszeiten*.

Und noch eine Erscheinung flimmerte nun in der Luft. Sokrates hatte tatsächlich die Technik von Studio 3 übernommen und projizierte ein lebensgroßes 3D-Hologramm mitten in den Raum. Es visualisierte in einem erschreckend realen Standbild den Bankräuber Carlos de Santiago, kurz bevor er erschossen wurde. Genau wie vor drei Jahren blickte das wutentbrannte Gesicht des getöteten Ex-CIA-Mitarbeiters nur zwei Meter von Troy Turner entfernt diesem direkt in die Augen.

„Sieh her!" Sokrates' Ruf zog Turners Blick weg von dem Hologramm und er deutete auf den Bildschirm.

DIE HINRICHTUNG – START IN WENIGEN AUGENBLICKEN

Sofort erschütterte ihn eine Eruption von Ängsten, es war nicht mehr er selbst, den er als Delinquenten sah, sondern seine geliebte Familie.

„Du Schwein, lass sie frei. Du darfst sie nicht hinrichten!"

„Wer spricht denn im Moment von deiner Familie?"

Mit diesen letzten Worten trat Sokrates genau in das leuchtende Hologramm des Bankräubers und die beiden Gestalten vereinigten sich zu einer gespenstischen Symbiose aus Fleisch und Virtualität. In dieser Entität des Bösen zog Sokrates einen Gegenstand aus seiner Tasche, hob ihn in einer Drohgebärde nach oben und verweilte einen kleinen Moment in dieser Stellung, völlig synchron mit de Santiagos Körperhaltung. Die Überlappung der Figuren machte es fast unmöglich, den Gegenstand in seiner Hand zu erkennen, aber sofort reagierten die FBI-Beamten auf die bedrohlichen Signale. Wie der von Agent Miller damals bei dem Banküberfall, zogen nun die Zeigefinger der Agenten gefährlich stark die Abzüge der Schusswaffen an.

Doch am nächsten rückte Okeanos an diese unendlich schmale Grenze der Entscheidung zwischen Leben und Tod. Vor ihr stand der Mann, der sie bis in die tiefste Seele hinein geblendet und verletzt hatte. Er war vollkommen unkontrollierbar. Niemand im Raum kannte den inneren Konflikt, der sich in Bruchteilen einer Sekunde in der jungen Frau abspielte – ein Konflikt zwischen Liebe und Hass, Objektivität und subjektiven Empfindungen, ein Konflikt zwischen Messine und der Spezialagentin Okeanos. Doch Liebe ist stark. Sie wollte diesen Mann nicht aufgeben, trotz allem, was geschehen war.

„Michael, leg sofort die Waffe weg, bitte!", schrie sie in den Raum hinein. Ihre Stimme zitterte.

„Halt, das ist keine Waffe. Das ist keine Waffe!" Turner erkannte plötzlich den Gegenstand und schrie sich verzweifelt die Seele aus dem Leib. „Das ist keine Waffe!"

In diesem Augenblick erwachte die unheimliche, dreidimensionale Abbildung zum Leben und sprang blitzschnell in Richtung des Gefangenen. Der Ablauf war perfekt inszeniert. Wie eine Vereinigung von Gegenwart und der Vergangenheit liefen de Santiago und Sokrates ineinander verschmolzen in exakter Parallelität als dämonisches Déjà-vu auf Troy Turner zu und bedrohten ihn, genau, wie er es drei Jahre zuvor erlebt hatte, mit eiskalter Miene.

***

Doch ein Detail war anders: Der Tod beobachtete wachsam die Szene und ließ seinem Ziel diesmal die Zeit, sein Leben in kurzen Sequenzen Revue passieren zu lassen. Geburt, Liebe, Hass, Verluste, der erste Kuss mit seiner Frau, die Geburt seines Kindes, Todesfälle, das Zu-Grabe-Tragen geliebter Menschen, die schrecklichen Leichen der jüngsten Vergangenheit. Und die strahlenden Augen einer geliebten Frau, die alles hätte ändern können, hätte sie ihn letzte Nacht nicht verlassen. Es waren nicht die Gewehrkugeln der hasserfüllten FBI-Elitemänner, auch nicht die scharfe Klinge des rachsüchtigen Vaters, die den Tod in Michael von Karlsbergs Körper trugen.

Okeanos zögerte nur eine Zehntelsekunde und schrie ein letztes Mal den Namen ihres Geliebten heraus, bevor sich der Schuss löste.

***

„Mi-ka-el" waren die letzten Silben, die in dem Raum widerhallten, bevor Sokrates durch einen gezielten Kopfschuss in sich zusammenbrach und sein Körper, überzogen mit einer flimmernden Hülle, die letzten Reflexe zeigte.

Sonntag, 16. April, 12:25 Uhr und 33 Sekunden, auf die Sekunde genau drei Jahre nach dem gewaltsamen Tod seiner Frau Anis und seiner Tochter Lisa verließen Michael von Karlsberg die Lebensgeister und er folgte den beiden geliebten Menschen ins Jenseits.

***

Ein Auslöser rollte Troy Turner bis kurz vor die Füße, gefolgt von Sokrates' Blut. Genau wie von Karlsberg in den letzten schicksalhaften Sekunden des Banküberfalls, versuchte nun Turner verzweifelt, an den Auslöser zu kommen. Und genau wie damals von Karlsberg vergeblich. Ein Gefühl unendlicher Hilflosigkeit durchströmte seinen Körper. Dieser Mann hatte die Information über den Verbleib von Turners Familie mit in den Tod genommen und vor ihm selbst lag nun ein kleines, unscheinbares Gerät, das im Sekundentakt eine klare Nachricht übermittelte: Die Wiederholung der Ereignisse sollte noch weitergehen.

Turner starrte auf die Digitalanzeige.

10, 9, 8, ...

Nicht einmal die nun erfolgende weitere Explosion und das Zersplittern der Panzerglasscheibe konnten seinen Blick von dem tödlichen Countdown lösen.

„Stoppt den Auslöser!"

Special Agent Smith sprang als Erster in den Raum, erreichte die Fernbedienung und drückte planlos auf alle Knöpfe, deren er habhaft werden konnte. Das Gerät piepste dreimal auf, bis es, wie sein Besitzer kurz zuvor, alle Lebenszeichen verlor.

Für einen Moment war es vollkommen still. 210.765.789 Menschen starrten auf eine neue Nachricht. Selbst der Tod verharrte weiter im Raum. Seine Arbeit war noch nicht beendet. Über den beiden Leichen flimmerte ein neues Hologramm, diesmal war es ein Schriftzug:

DIE FINALE EPISODE VII – JETZT

***

EPISODE VII
12:26 Uhr

217. KAPITEL

32. Straße, Kellerräume
12:26 Uhr

Episode VII von Sokrates Serials knüpfte an die Machart der US-amerikanischen TV-Serien an und startete mit einer kurzen Zusammenfassung der Geschehnisse der gesamten Geschichte.

WAS BISHER GESCHAH

Gezeigt wurde der Banküberfall vor drei Jahren, Turners erste TV-Show, die Entführung von Frau Huang, die Tötung von Frau Stein, Agent Rodriguez' und Agent Millers Hinrichtung, die Suche nach Frau Huang, die Entführung von Turners Familie, die vorgetäuschte Schändung des Kindes und kurze Ausschnitte aus Episode VI. Es waren extrem schnell aufeinanderfolgende Sequenzen zu sehen, die auch Material beinhalteten, das bis jetzt in keiner der Episoden veröffentlicht worden war. Die Aneinanderreihung erzeugte eine solche Intensität, dass der Betrachter unweigerlich in den rasanten Pulsschlag dieses Mediums hineingezogen wurde und starken körperlichen Stress empfand.

In dem weitläufigen Kellergewölbe potenzierte sich diese Energie noch durch die hektischen Bewegungen der FBI-Einsatzkräfte. In diesem Moment lief der Rückblick aus und die Kameras transportierten nun wieder die Livebilder aus dem Keller auf die Webseite. Mittlerweile war ein weiteres SWAT-Team eingetroffen und sicherte den Tatort. Das erste Ziel war es, die Gefangenen zu befreien. Doch Turners Hand- und Fußschellen waren so komplex konstruiert, dass es zunächst unmöglich war, ihn zu befreien, trotz des Einsatzes von schwerem Gerät, Flex und Schweißbrennern. Er blieb hilflos an den Stuhl gefesselt. Zwei Spezialkräfte hatten inzwischen Jack Farrow von den Metallketten befreit und führten den vollkommen entkräfteten Geschäftsmann in Richtung Freiheit.

Okeanos kniete neben von Karlsbergs Leichnam und prüfte routinemäßig seinen Puls an der Halsschlagader, ohne ihren toten Liebhaber eines Blickes zu würdigen. Das war jedoch keine Geste der Missachtung, sondern geschah aus Selbstschutz. Trotzdem kämpfte die Agentin bei der Berührung der kontraktionslosen Halsschlagader mit den Tränen. Sie fand keinerlei Lebenszeichen mehr bei Michael von Karlsberg.

Es blieb die drängende Frage: Was war mit Turners Familie passiert?

„Sie müssen irgendwo hinter dieser Schiebetüre sein. Dort kam die Frau heraus. Bitte, schnell, tun Sie doch etwas."

Turner war die Verzweiflung ins Gesicht geschrieben. Er sah nur noch diese eine Chance, ansonsten würde er seine Frau und seine Tochter nie wieder sehen. Das war ihm klar. Mehrere Agenten versuchten bereits, die massive Schiebetüre zu bewegen. Zwei weitere Männer bearbeiteten die kleine darin eingelassene Türe mit einem Brecheisen. Alle Versuche waren vergeblich.

„Wir brauchen wieder Sprengstoff", rief einer der Männer.

In diesem Moment stöhnte Troy Turner geschockt auf: „Dieses Schwein!"

Episode VII zeigte eine weitere Rückblende. Helen, die eine Cyberbrille und die bekannte Halsbombe trug, wurde von Alice Liddell auf einer grausam anmutenden Metallkonstruktion festgezurrt. Die Szene war unfassbar grausam, weil Helens Arme an einer langen, Y-förmigen Stange festgebunden und nach oben gezerrt waren. Am oberen Ende der

Rohrstange blitzte ein glänzendes Beil. Vor ihr lag, festgeschnallt auf einer Bank, eingewickelt in ein weißes Tuch, ein kleiner Körper, der sich nur sehr langsam bewegte. Der ebenfalls verhüllte Kopf des Bündels trug eine weitere Cyberbrille. Die Situation war so unmenschlich, dass keiner der Beobachter die logische Konsequenz dieses Bildes akzeptieren wollte.

Smith hielt die blutverschmierte Fernsteuerung in der Hand und konnte seine Gedanken nicht mehr in eine klare Ordnung bringen. Die Situation hatte eine Qualität angenommen, die jeden normalen Menschen über die Grenzen der Belastbarkeit hinauskatapultierte.

„Mein Gott, das Drecksding hat wieder angefangen zu piepsen!"

Ein neuer Countdown schwebte drei Sequenzen lang mitten im Raum und wurde parallel dazu auf der Webseite eingeblendet.

Bei Null schob sich die gewaltige Türe laut ruckelnd zur Seite und gab die Fortsetzung der zuvor im Film gezeigten Grausamkeit, die Livebühne frei. Helen, gefangen in der Tötungsmaschine, riss mit übermenschlicher Kraft an ihren Fesseln. Auch ihr musste klar sein, was bevorstand.

„Helen!" Turner schrie wie wahnsinnig. „Helen, ich bin hier!"

Der verzweifelte Ehemann wusste nicht, ob sie ihn sehen konnte oder ob die Brille andere Eindrücke auf ihre Netzhaut projizierte. Die zuckenden Bewegungen ihres Oberkörpers verrieten, wie verzweifelt sie heulen musste. Doch ließ der Knebel keinen Laut zu den nur sieben Meter entfernten Helfern dringen.

Trotzdem waren diese machtlos. Eine weitere Panzerglaswand verhinderte die Rettung der Familie aus ihrem Schicksal. Gefühllos starteten gleichzeitig zwei Sequenzen: eine Digitalanzeige an Helens Stuhl mit der Zahl zehn und die kleine Anzeige an Helens Hals mit der Zahl 60.

„Schnell, sprengt das Glas. Sofort!"

Das Rennen gegen die Zeit um Leben und Tod lief wie in Zeitlupe vor den Augen der entsetzten Beobachter ab:

Die Sprengstoffexperten zogen ein großflächiges Viereck auf das Glas,

9 – 8

brachten hektisch den Zünder an,

7

gingen in Sicherheit.

6

Zündung,

5

ein dumpfer Knall, gepaart mit einem grellen Blitz erfüllte den Raum,

4

das Glas vibrierte mit einer immer höheren Frequenz, bis die hohen Druckspannungen an den Oberflächen und die Zugspannung in seinem Inneren nicht mehr ausreichten, um das Material zusammenzuhalten,

3 – 2

doch erst bei

1

zerbarst das Glas und krachte lautstark in sich zusammen.

Nun gab es keine Trennung mehr zwischen Troy Turner, seiner Familie, Okeanos, Smith und dem FBI-Team. Sie waren alle wieder in einem Raum vereint und gleichermaßen verletzlich. Nur eines der Wesen war hilfloser, verletzlicher als alle anderen. Der erste Countdown war zu Ende.

Ein Motor sprang nun leise an und zog alle Aufmerksamkeit auf sich. Es war ein Motor, der die grausame Mechanik des Stuhls in Gang setzte. Das Beil begann gefährlich zu zittern und zuckte wenige Zentimeter auf und ab, als ob es sein Opfer vor dem Angriff ein letztes Mal taxiere. Durch die Explosion musste auch der angepeilte kleine Körper aus seiner Betäubung geweckt worden sein, denn er fing an, sich mit aller Kraft in dem Maße auf der Bank zu bewegen, das ihm die Ledergürtel, mit denen er festgezurrt war, gewährten.

Mehrere der schwarzgekleideten Agenten stürmten reaktionsschnell zu Helen hinüber. Doch es war zu spät.

„Neiiiiiin!"

Turners Aufschrei war herzzerreißend, aber wirkungslos. Mit den gefesselten Händen der Mutter schlug das Beil zum ersten Mal kraftvoll nach unten und drang an der Kehle durch die weiße Hülle bis zur Mitte des schlanken Halses. Der getroffene Körper zuckte noch leicht und färbte durch das rhythmische Pumpen des Herzens den zerteilten Stoff tiefrot.

***

218. KAPITEL

Raum M3
12:26 Uhr

Agent Baker fiel geschockt in seinen Stuhl zurück und hielt sich den Mund zu.

Das kann nicht wahr sein, lass das bitte nicht echt sein!

Instinktiv stieß er sich mit seinem rollenden Bürostuhl so heftig von dem Tisch vor ihm und der Szene am Bildschirm ab, dass er mit einem lauten Knall gegen den zentralen Computertisch hinter sich stieß.

Wie immer hatte Sokrates' Inszenierung keinerlei menschliche Grenzen und diese letzten Sekunden waren aus Sicht des gefesselten Opfers auf dem gesamten Bildschirm zu sehen. Baker starrte angewidert und zugleich mitfühlend auf die Kameraeinstellung des halb geköpften Wesens. Ein roter Blutstrahl spritze rhythmisch über die Brille. Ob es Reflexe oder letzte Zuckungen waren, die den Eindruck vermittelten, der Kopf bewege sich noch, war nicht klar, aber die Gedanken daran verursachten ihm körperlichen Schmerz. Im Hintergrund waren die herzzerreißenden Schreie des Vaters zu hören und ließen ihm das Blut in den Adern gefrieren.

Die Vorrichtung riss das Beil wieder nach oben und beendete seine grausame Bestimmung mit einem zweiten, finalen Schlag. Diesmal fand die Klinge weniger Widerstand und durchschlug den Hals mit einem lauten Ritzgeräusch. Der Effekt war unglaublich. Als seien die Augen des abgetrennten Kopfes direkt mit den Gehirnen der Welt verbunden, fiel man selbst in die Tiefe, schlug auf, rollte vor die Füße der Mutter und blickte ihr mitleidig direkt ins Gesicht. Deren verbleibende Lebenszeit wurde mit 46 Sekunden angezeigt.

Helen übergab sich, doch der feste Mundknebel zwang das Erbrochene durch die Nase und drohte die Mutter zu ersticken.

***

Genau in diesem Moment durchbrach das Internet seine natürliche Grenze und drang zum ersten Mal für jeden spürbar in die Millionen Beobachter ein. Der Schutz der Monitore, Displays und 3D-Brillen war verloren gegangen. 217.763.387 Seelen erlebten die dargebotenen Qualen, als erführen sie diese am eigenen Leib. Viele von ihnen schrien, wurden panisch, weinten, flehten, übergaben sich, schalteten das Spektakel zitternd ab oder zerschlugen ihre Computer. Selbst die letzten perversen Gehirne weniger kranker Männer stoppten ihre Impulse und ließen die rhythmischen Bewegungen ihrer Hände erlahmen. Die Energie des Internets wandelte sich so plötzlich in Masse um, dass es selbst dem abgestumpftesten Menschen mit aller Wucht in die Magengrube schlug.

***

219. KAPITEL

32. Straße, Kellerräume
12:27 Uhr

Troy Turner dreht vollkommen durch. Er schrie, weinte, stemmte sich mit seinem Körper gegen die Fesseln, deren ungeschliffene Kanten sich mit jedem Aufbäumen stärker in seine Haut fraßen. Doch der Mann spürte diesen Schmerz nicht mehr. Seine seelische Verletzung betäubte seine physische Hülle.

Das gesamte FBI-Team stand trotz tausendfacher Übungen und hundertfachen Einsätzen unter Schock. Doch Helens Lebensuhr tickte nach wie vor.

„Nehmt ihr den verdammten Knebel raus und die Brille ab. Sofort die Bombe entschärfen!" Okeanos schrie die Männer aus ihrem Koma.

Der erste Agent sprang zu dem Stuhl und öffnete den Kopfriemen. Keuchend befreite sich Helen von ihrem Erbrochenen und schnappte nach Luft. Sofort lief auch Okeanos zu der Frau und ergriff ihre Hand.

„Wir holen Sie hier raus!"

Sie wusste, dass sie das nicht versprechen konnte, doch mit dieser Aussage wollte sie der gequälten Frau ebenso wie sich selbst Hoffnung schenken.

„Mein Kind!" Helens Stimme vibrierte in einer Tonlage, die Gläser zerspringen lassen konnte. „Ich habe meine Tracy getötet!"

„Helen, ich bin bei dir. Helen, sieh mich an", flehte Turner.

Doch der Blick der Mutter war starr auf den abgetrennten Kopf gerichtet, der sie mit der aufgebundenen Brille anstarrte.

Ein Agent wollte Tracys Kopf aufheben, was Helen zur Raserei trieb.

„Fassen Sie mein Kind nicht an!"

Okeanos befahl, der Frau ihren Willen zu lassen, zumindest für die verbleibenden 36 Sekunden ihres Lebens sollte er ihr gewährt sein.

Mittlerweile war der Sprengstoffexperte angekommen und schüttelte den Kopf.

„Die Brille ist mit der Halskrause verbunden. Wir können sie ihr nicht abnehmen."

Es blieben noch vierunddreißig Sekunden Zeit bis zur Detonation der Bombe. Das war genug für den Versuch, die Zündvorrichtung aufzuschrauben.

„Bitte Mam, bleiben Sie ruhig. Ich kann das schaffen."

Mit schnellen Drehungen öffnete er eine Schraube, rutschte aber wegen Helens zittriger Kopfbewegungen immer wieder ab.

„Helen, bleib ruhig!", schrie ihr Ehemann.

Bei der Zahl 30 stoppte der Zähler für einen Moment und alle blickten alarmiert auf. Viermal klackte es, dann sprangen plötzlich Turners Fesseln auf. Er war frei. Sein erster Impuls war jedoch nicht, zu seiner Frau zu laufen. Stattdessen sprang er auf, machte einen Satz nach vorne und ließ mit aller Kraft seinen Fuß gegen Michael von Karlsbergs Kopf schmettern. Die erschlafften Halsmuskeln gaben keinerlei Widerstand, sodass der Kopf krachend aus den Halswirbeln brach und nun in einem skurrilen Winkel von den Schultern abstand.

„Du Schwein, ich bring dich um!"

Von Karlsberg alias Sokrates war längst tot, doch pulsierte in Turner der Hass so stark weiter, dass es für ihn keinen Unterschied machte, ob dieser Körper noch Leben in sich trug oder nicht. Er wollte Sokrates' Seele töten, für sein Kind, für seine Frau, für die unglaublichen Verletzungen, die von diesem Geist ausgegangen waren. Er ließ sich mit den Knien auf den Leichnam fallen und trommelte wie wild mit den Fäusten auf den hilflosen Kopf ein.

Okeanos verschlug es die Sprache bei dem Anblick, wie die Leiche ihrer gestorbenen Liebe malträtiert wurde. Niemand hielt Turner zurück, bis er von alleine ermüdete, seine Arme schwer wurden, die Fäuste vom mannigfachen Aufprall schmerzten und ihm letztlich die Unsinnigkeit seines Tuns bewusst wurde. Da erhob jemand die Stimme.

„Troy, hör auf damit!"

22 Sekunden vor ihrem Tod konnte seine Frau seine Brutalität nicht mehr ertragen. Turner blickte geschockt auf seine blutverschmierten Fäuste, stand auf und lief erschüttert zu dem abgetrennten Kopf, der immer noch gespenstisch zu Helen aufblickte.

„Bleiben Sie, wo Sie sind, wir müssen die Bombe entschärfen", warnte ein SWAT-Agent.

20 Sekunden.

Doch Turner ignorierte die Warnung und ging zitternd weiter. Niemand wollte ihm entgegentreten, obwohl dies aufgrund der Explosionsgefahr notwendig gewesen wäre. Okeanos blickte fragend zu dem Experten. Zwei von vier Schrauben waren inzwischen geöffnet. Er schüttelte verneinend den Kopf.

„Gut, machen Sie weiter!" Okeanos brachte es nicht über das Herz, die Frau jetzt alleine zu lassen.

Doch die Nachricht war klar. Mehrere Männer begaben sich mit ihren Schutzschilden zu dem Stuhl, um in letzter Sekunde eine Schutzmauer vor der Explosion bilden zu können. Dabei würden sie in dieser Nähe selbst Verletzungen oder sogar den Tod riskieren. Doch das Leid, das sie gerade mit angesehen hatten, war so überwältigend, dass es die Männer ihr eigenes Wohl vergessen ließ.

Auf diese Weise hatte Sokrates' Grausamkeit das bedingungslose Mitgefühl der anderen hervorgerufen.

Mit einem Male legte sich die gesamte Aufregung, kapitulierte förmlich vor dem Verlangen nach Ruhe für die nächsten Augenblicke. Okeanos, Smith, Baker, die Agenten und Millionen Menschen am Blindschirm hielten andächtig den Atem an und fühlten mit zwei Menschen.

Troy Turner kniete vor dem abgetrennten Kopf, nahm ihm die Brille ab und zog an der mittlerweile blutdurchtränkten Umhüllung. Seine Frau hatte noch zehn Sekunden zu leben. Ihr Ehemann wollte der Mutter die Möglichkeit geben, sich vor ihrem Tod noch einmal Auge in Auge von der geliebten Tochter zu verabschieden.

Plötzlich rutschte das Textil weg und gab das Todesgesicht frei. Der Anblick war so erschreckend, dass Helen aus tiefster Seele aufschrie. Turner warf das Haupt mit aller Wucht von sich und sprang angewidert zurück.

***

220. KAPITEL

Raum M3
12:28 Uhr

Agent Baker konnte die Szene nicht mehr mit ansehen und wandte der Bildschirmwand jäh den Rücken zu, um sich vor den grausigen Bildern zu schützen. Hinter ihm waren inzwischen die Berechnungen des Hologramms fertiggestellt. Um sich abzulenken, begann er den Globus zu drehen. Überrascht erblickte er das ihm schon bekannte Zeichen, das sich über die gesamte Erdkugel spannte, wenn man die Städte Washington, Athen, Hanoi und einen stärker leuchtenden Punkt im Ozean mit dem Erdmittelpunkt verband. Ähnlich, wie es durch die Verbindung der Washingtoner Tatorte geschehen war, schrieb sich auch nun wieder ein Sigma über den ganzen Erdball. Und jetzt ergaben die sich überlagernden GPS-Positionen einen deutlich lesbaren Text:

LERNEN BESTEHT IN EINEM ERINNERN VON
INFORMATIONEN, DIE BEREITS SEIT GENERATIONEN IN DER
SEELE DES MENSCHEN WOHNEN.
SOKRATES

Die Worte stimmten Baker nachdenklich. Sokrates wollte also mit seinen Grausamkeiten einen tieferen Sinn transportieren. Der junge Agent nahm seinen Mut zusammen, um ein letztes Mal auf den Bildschirm zu blicken.

***

32. Straße, Kellerräume
12:28 Uhr

Der behaarte Kopf schlug mehrmals hart auf dem Beton auf, bevor er zum Stillstand kam. Niemand hätte sagen können, ob die eintretende Erschütterung auf die so unglaubliche Nichterfüllung der Erwartung des Kindergesichts oder simpel auf dem ekelerregenden Anblick des abgetrennten Affenkopfes zurückzuführen war. Jedenfalls hatten sogar die abgebrühten Eliteagenten nun mit einem heftigen Brechreiz zu kämpfen. Auf dem Boden lag das Haupt des vor wenigen Tagen entführten Schimpansen der Tierversuchsfirma *Lifetech* in Maryland und starrte mit weit aufgerissenen toten Augen Turner an. Doch Sokrates hatte ihnen keine Zeit eingeräumt, um den Schock zu verarbeiten.

„Achtung, Detonation in fünf Sekunden!", warnte der Bombenentschärfer. Beschämt gab der Experte den Kampf um Helens Leben auf, Schutzschilder schlugen krachend um die Frau herum auf.

Für Turner verlor sein Leben in diesem Moment jeden Sinn, sein Kind schien ihm in Anbetracht von Sokrates' Grausamkeit verloren. Er wollte gemeinsam mit Helen sterben. Mit aller Kraft sprang er in Richtung seiner geliebten Frau und blickte ihr dabei verzweifelt in die Augen. Doch Smith reagierte blitzschnell, machte einen Satz nach vorne und der letzte liebende Blick des Ehepaares wurde durch den harten Bodycheck des Beamten gewaltsam zertrennt.

Die Bombe tickte die letzten Male.

3 – 2 – 1

Es ertönte das inzwischen grausam vertraute Piepsen. Drei Male. Danach ein schweres Klacken.

Und Stille.

***

Die Konzentration aller war nun auf die Bombe um Helens Hals gerichtet. Doch der Ton erreichte die Sinne aus einer anderen Ecke des Raumes. Die in Fleisch und Blut übergegangene Reaktion der FBI-Elitekämpfer ließ sofort wieder 14 rote Punkte auf eine kleine, bis dahin unbemerkte Türe springen, die sich nun langsam aufschob. Schlagartig fielen die tanzenden roten Punkte über das schwarze Loch her und trafen sich auf einer kleinen, rot erleuchteten Fratze. Jeder der Männer war nur allzu bereit, dieser Inszenierung endlich ein Ende zu bereiten und das Gesicht durch ein kleines Fingerzucken in tausend Stücke zu zerfetzen.

Okeanos erkannte als Erste, was dort zusammengekauert saß, und das ließ ihr im Bruchteil einer Sekunde das Adrenalin in die Adern schießen.

„Nicht schießen, Waffen runter! Um Himmels willen, nicht schießen!"

***

12:29 Uhr

„Mami, Mami?"

Der Lichtkegel einer Taschenlampe erleuchtete nun das Gesicht der kleinen Tracy und vertrieb die unendliche Anspannung aus dem Raum.

Helen fing bitterlich zu weinen an.

„Tracy!" Troy Turner lief zu der Türe und zog seine kleine Tochter an sich. „Mein Gott, Du lebst!"

Den Zeugen dieser Wiedervereinigung standen die Tränen in den Augen, als der Vater mit seinem Kind auf dem Arm zur Mutter ging. Helen sehnte sich nach der Berührung ihres Kindes.

Doch die Gefahr war noch nicht vorüber, Sokrates war alles zuzutrauen. Helen war immer noch festgebunden und mit der tödlichen Halskrause versehen.

„Bitte, bleiben Sie dort stehen, bis wir die Bombe entschärft haben", wies jemand Turner an.

Sofort machte sich der Bombenexperte daran, die letzten Schrauben zu entfernen. Vorsichtig drehte er Nummer drei aus dem Gewinde. Danach löste er die letzte Schraube fast bis zum Ende und ließ den Deckel mit ruhiger Hand gefühlvoll etwas nach unten klappen, um Einblick in die Elektronik nehmen zu können. Noch immer blinkten mehrere LED-Anzeigen im Inneren des Kästchens. Die Bombe war nach wie vor aktiv.

Auf einmal löste sich die vierte Schraube und fiel zu Boden. Und das Entfernen dieser letzten Schraube war der letzte von Sokrates geplante Auslöser, um seinem technischen Hilfsmittel etwas zu befehlen.

Es klackte noch weitere fünfmal, zuletzt jedoch die Mechanik der tödlichen Halskrause. Helen war frei. Sie wollte augenblicklich zu ihrer Familie, doch brach beim Versuch, sich aufzurichten, sofort zusammen. Auch ihr Ehemann ging in die Knie. Die drei Menschen kauerten nun eng umschlungen auf dem Boden und erlebten die intensivsten Momente ihres Lebens. Die Familie war wieder vereinigt.

Auch diese Szene deckte sich nur allzu sehr mit einer verdrängten Erinnerung in Turners Seele. Funkgeräte knacksten, Ärzte, Helfer, und Agenten in weißen Overalls erschienen in den Kellerräumen, darunter Dr. Blumberg. Vivaldis Komposition war mit dem Tod Michael von Karlsbergs verstummt. Er blickte zu der Leiche hinüber. Vor dem hingestreckten Körper kniete Messine Okeanos und weinte.

Plötzlich durchfuhr Troy Turner tiefe Dankbarkeit. Er erinnerte sich an den Menschen Michael von Karlsberg, losgelöst von Sokrates. An einen Menschen, der ihm immer überlegen, immer voraus gewesen war. In diesem Moment wurde ihm klar, dass dieser Mann ihm etwas Wichtiges hatte beibringen wollen und gleichzeitig dem gewaltsamen Tod seiner eigenen Familie einen Sinn geben musste. *Aber ich gebe das Zepter an dich weiter*, hatte er kurz vor seinem Tod gesagt. Es gab in dieser Inszenierung keinen Zufall. Von Karlsberg hatte sterben wollen. Alles war von ihm genauestens geplant gewesen, bis über seinen eigenen Tod hinaus. Auch dass Troy Turner und seine Familie noch lebten, war keineswegs Zufall. Diese Gedanken wurden immer stärker, füllten ihn aus mit einer sonderbaren Energie, fast einer Kraft. Troy Turner war jetzt der Erbe von etwas, das Sokrates geschaffen hatte. Noch wusste er nicht genau, was dieses Erbe war, aber ihm war klar, dass dies nicht das Ende war.

***

12:30 Uhr

Troy Turner blickte auf den Bildschirm. Episode VII war zu Ende. Die Webseite erstrahlte nun wieder in schlichtem Weiß. Doch zugleich enthielt sie brisante Informationen. Die Ergebnisse der Abstimmung waren in Form eines Laufbandes im unteren Bereich der Seite eingeblendet. Eine der Informationen erschien hervorgehoben:

--- ABSTIMMUNGSSTATISTIK --- 217.763.387 PERSONEN AUS 152 LÄNDERN WAREN AN DER ABSTIMMUNG BETEILIGT --- 193.562.689 PERSONEN STIMMTEN FÜR SCHÄNDUNG UND LEBEN --- **32.162 PERSONEN STIMMTEN FÜR SCHÄNDUNG UND TOD** --- 24.168.536 PERSONEN ENTHIELTEN SICH DER STIMME ---

In diesem Moment startete ein neuer Countdown. Darunter, wie eine fürchterliche Warnung, wurde ein weiteres Zitat des Philosophen Sokrates eingeblendet.

SOKRATES' ERBE
START IN 777777 SEKUNDEN

ICH BEHAUPTE ALSO, IHR MÄNNER, DIE IHR MICH
HINRICHTET, ES WIRD SOGLEICH NACH MEINEM TODE EINE
WEIT SCHWERERE STRAFE ÜBER EUCH KOMMEN, ALS DIE,
MIT WELCHER IHR MICH GETÖTET HABT.
SOKRATES

****

Juli 2017. Troy Turner beschäftigt immer mehr der Gedanke, was Sokrates für den Zeitpunkt nach Ablauf der 777.777 Sekunden geplant hat. Diese Frage quält allerdings nicht nur ihn, sondern auch Spezialagentin Okeanos und ihr Team.

Das grausame Spiel geht weiter. Es gibt ein erstes Opfer, für das wiederum Sokrates über seine Webseite die Verantwortung übernimmt, während er gleichzeitig weitere Morde ankündigt. Handelt es sich um einen Nachahmungstäter oder reichte Sokrates' grausamer Plan sogar über seinen Tod hinaus?

Bald bittet ein Notariat Troy Turner um einen Termin: Es handele sich um eine äußerst wichtige Angelegenheit im Zusammenhang mit Michael von Karlsberg. Die Dinge, die ihm bei diesem Termin offenbart werden, könnten sein Leben vollkommen verändern.

Wird Turner sich auf das verlockende Angebot einlassen?

Bleibt Agentin Okeanos beim FBI oder befolgt sie den Rat ihres getöteten Liebhabers?

Wie geht es mit Agent Baker und seiner Freundin Sunny weiter?

Wie immer sie sich entscheiden, auf alle Beteiligten lauert eine tödliche Gefahr.

*****

BESUCHE SOKRATES LIEYES AUF FACEBOOK
https://www.facebook.com/The.Sokrates.Trilogy
und drücke „I like" die Sokrates Trilogie.

DANK

Mein größter Dank gebührt sicher zwei Personen, meiner Frau Rena und meinem Sohn Nathanael. Erst der Entschluss, während der Schwangerschaft meiner Frau eine Auszeit zu nehmen, gab mir die Zeit einen Wunsch umzusetzen, mit dem wiederum ich bereits seit langem schwanger gegangen war: ein Buch zu schreiben. Die Toleranz meiner Frau, ihren Mann bis zu zwölf Stunden täglich in eine andere Welt entführt zu sehen, bildete die wesentliche Grundlage für die Umsetzung dieses Wunsches. Vielen Dank, Rena, und vielen Dank, Nathanael, dass ihr mir diese Zeit gegeben habt.

Eine große Hilfe waren auch die Freunde, insbesondere Klara und Cleo, die mir neben Kritik und Anmerkungen auch den Mut zum Weiterschreiben geschenkt haben.

Die Auseinandersetzung mit meinem Lektor, Dr. Gregor Ohlerich, war sicher der wichtigste Schritt, um aus dem ersten Manuskript ein wirkliches Buch zu machen.

Die abschließende Nachbearbeitung durch Rivkah Frick hat dem Text den letzten Schliff gegeben.

Sehr positiv habe ich die sofortige Erlaubnis von Prof. Dr. Peter Aebersold empfunden, Auszüge aus seinem Werk „Kriminologie 1" zu verwenden.

Die gleiche Erfahrung habe ich bei meiner Anfrage bezüglich der Nutzung der Inhalte von www.wikipedia.de gemacht. Das meiste Hintergrundwissen habe ich letztendlich durch das Studium dieser freien Enzyklopädie erworben. Die Seiten waren mir eine enorme Hilfe.

Eine absolute Hilfe war auch das Amazon-Team bei meinen unendlich vielen Rückfragen zur Formatierung des e-Books.

Vielen Dank an die Fotokünstlerin Sophia Z für die Titelbildgestaltung.

Ansonsten bin ich sehr froh, dass während meiner Recherchen zu diesem Buch kein SWAT-Kommando oder FBI-Agent an meine Türe geklopft hat.

Wie wir seit Juni 2013 annehmen müssen, hat Prism Zugriff auf Google-Server. Meine Suchanfragen über Bankräuber, Bomben, Betäubungsmittel, Bondage, Leichenverwesung, Hacker, FBI, Waffen, Washington, D.C. bis hin zu Terrorismus, Guantanamo Bay und viele weitere suspekte Schlagwörter haben sicher kein allzu schönes Userprofil von mir bei Google hinterlassen.

Liebes Google-Team, bitte löschen Sie diese Daten. Ich bin lediglich ein Schriftsteller.

******

VERWEIS

Im e-Book-Format können keine Fußnoten und genauen Verweise zu bestimmten Seitenzahlen eingefügt werden, da diese ja bildschirmabhängig sind. Deswegen hier nur der Beleg zu dem im Text angegebenen Verweis. Die dort gekennzeichnete Passage fußt auf der Grundlage des folgenden Werkes:

1) http://de.wikipedia.org/wiki/Diethylether
2) http://www.iifeh.de/pflanzenkommunikation.php
3) http://www.panikattacken.at/angst/angst.htm

***

***

DAS SIGMA DER TATORTE

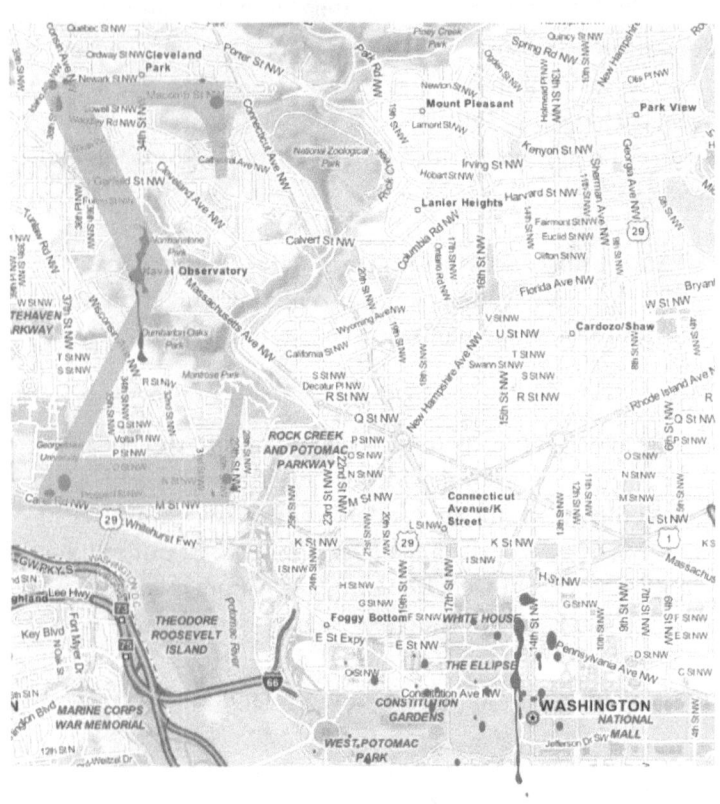

Grafik basiert auf einem Auszug der Webseite
http://www.mapquest.com/maps?city=Washington&state=DC
© 2012 MapQuest - Portions

MEYER LUTTERLOH

DIE SOKRATES TRILOGIE
THRILLER

2013
BUCH 1 – SOKRATES LIEYES

Band 1 – Der Überfall
Band 2 - Beobachte
Band 3 - Beteilige
Band 4 - Bestimme

2014
BUCH 2 - SOKRATES HERITAGE

2015
BUCH 3 - SOKRATES WELT

www.the-sokrates-trilogy.com
info@sokrates-lieyes.com

ÜBER DEN AUTOR

Matthias Meyer Lutterloh absolvierte seine Ausbildung zum Modedesigner in Italien und ist seitdem international in der Mode- und Eventbranche tätig. Bereits sehr früh gründete er als Unternehmer Firmen in Europa und Asien. Um seinen Wunsch, ein Buch zu schreiben, in die Realität umzusetzen, fasste er 2012 den Entschluss, eine Auszeit von seiner Arbeit zu nehmen. Aus der Buchidee wurde das Konzept der Buchserie "Die Sokrates Trilogie". Der in Deutschland geborene Autor bereiste alle fünf Kontinente und lebte mehrere Jahre in Italien, in der Türkei und in Griechenland. Heute ist Matthias Meyer Lutterloh verheiratet und wohnt mit seiner Frau, einer Sprachwissenschaftlerin, und seinem Sohn auf Zypern.

https://www.facebook.com/meyerlutterloh.autorenseite

******